AF448725

9 789948 390428

الإهـــــداء

أرجو أن ينال إعجابكم وتستمتعوا بقراءة الرواية.

خالد بن خليفة القنبر

قطعة قماش

سَحَر

AUSTIN MACAULEY PUBLISHERS™

LONDON • CAMBRIDGE • NEW YORK • SHARJAH

الرقم الدولي الموحد للكتاب 9789948390428 (غلاف ورقي)
الرقم الدولي الموحد للكتاب 9789948390411 (كتاب إلكتروني)

رقم الطلب: MC-02-01-5960472
التصنيف العمري: E

تم تصنيف وتحديد الفئة العمرية التي تلائم محتوى الكتب وفقاً لنظام التصنيف العمري الصادر عن المجلس الوطني للإعلام.

الطبعة الأولى (2019)
أوستن ماكولي للنشر م. م. ح
مدينة الشارقة للنشر
صندوق بريد [519201]
الشارقة، الإمارات العربية المتحدة
www.austinmacauley.ae
+971 655 95 202

شكر وتقدير

شكر خاص لدار النشر أوستن ماكولي على إتاحتهم لي هذه الفرصة.

مقدمة

يأتي الفرح للجميع وبشتى الأنواع.. فالسعادة تدوم لفترة قصيرة،
وتبقى ذكرى في الذهن..! والحزن ذاكرته دائمة...
الإنسان بطبعه طماع؛ وليس هناك علاج له أو تفسير لجميع طمعه..
وتبقى الرواية تفسيراً لكل كلمة...

_قطعه قماش _
"سَحَر"

محمد بن سالم

في أحد الأحياء القديمة من مدينة الكويت، وفي سنة 1964 للميلاد، ولد (محمد بن سالم) لأبٍ تاجرٍ للقماش. والده تاجرٌ ذائعٌ صيته في مدينة الكويت، فلقد ورث هذه التجارة عن والده الذي علّمهُ جميع أسرارها.

أنجبت (الجوهرة) ابنها (محمد) في منتصف الليل، وفي شتاءٍ قارسٍ جداً، قبل هذا كان (سالم) متشوقاً ومتلهفاً لمعرفة جنس هذا الجنين؛ هل سيكون ولداً فيفرح به، أم تكون فتاة فيحزن!

(سالم) في (الدهليز) – مدخل البيت الكويتي قديماً – يذهب مرة ويأتي مرة بجانب الغرفة، ويستمع إلى صرخات (الجوهرة) تعاني من شدة الألم ومخاض الولادة.

سمع صوت المولود، وفي لهفة قدِمَ إلى الغرفة حتى يعرف جنسه.. أذكرٌ أم أنثى.

تأتي له الولّادة عند باب الغرفة وتُخبره إن المولود ذكر.. فرح فرحاً شديداً، وفوراً اتخذ له اسماً.. سمّاه (محمد) على اسم أبيه.

كان المولود (محمد) أبيض اللون، ووزنه طبيعي جداً.. قَدَّمَ (سالم) كل شيء من أجل أن يغدو وليده بصحة وعافية، فاستأجرَّ مرضعة له؛ لأن (الجوهرة) قد ضعفت بعد الولادة ولم يدرّ منها الحليب...

كبُر (محمد) وأصبح عمره ست سنوات، وجاء الوقت الذي بات على والده أن يعلّمه عند أحد المشايخ؛ ليحفظ القران ويتعلم الحساب.

بانت على (محمد) علامات الذكاء والفطنة؛ يستمع ويحفظ ويتعلم الحساب، ويطبقه في أحد محلات والده.

لم يكن (محمد) كأقرانه من الأطفال؛ فلقد علَّمهُ والده الجِدّ في الأمور وترك اللعب والهزل، حتى اشتد عوده وهو صغير السن. كان والده يأخذه معه في السفر تارة، وتارة يَدعه ويجعله في أحد المحلات تاركاً المسؤولية عليه وهو في صِغر سِنه.

تجارة والد محمد

ورث (سالم) – أبو محمد – الكثير من الأموال والمحلات والأراضي الزراعية والمنازل من أبيه (محمد).. واستطاع (سالم) أن يصبح بهذا الورث وصيت والده المعروف بتجارته للأقمشة؛ من كبار التجار، فلا يوجد من ينافسه في هذا العمل أبداً في مدينة الكويت.

كان والد (سالم) يعلّم ابنه كل شيء، فجعلهُ يسافر معه إلى الهند؛ حتى يتعرّف على جميع أنواع ومميزات الأقمشة التي هناك، حتى أن (سالم) تعلم اللغة (الأُردية)؛ حتى يتحدث مع التجار الهنود هناك، ويتفق معهم في جميع الصفقات.

أراد (سالم) أن يغيّر من عمل والده؛ فلقد انبهر من سوق الذهب هناك في الهند، لكن والده (محمد) نهره قائلاً: "بعد أن تعلّمت جميع أسرار وبيع الأقمشة، وتعاملت مع الكثير من التجار الأجانب، تُريد أن تغيّر عمل أجدادك؟!"

صمت (سالم)، وأبقى رغبته حبيسة خاطره المنكسر، وانصاع إلى أمر والده.

زوّج (محمد) ابنه (سالم) من ابنة تاجرٍ معروف في تجارة وصيد اللؤلؤ؛ (الجوهرة بنت صالح)، ودامت أفراح زواجهما لثلاث ليالٍ، أُطعم في ولائم تلك الأفراح؛ كلّ شخص في مدينة الكويت، بمن فيهم جميع وجهاء وتجار وأعيان المدينة.

بعد الزواج، قرّر (محمد) أن يجعل ابنه (سالم) قيماً على جميع المحلات، بينما يسافر هو، ويعقد الصفقات التجارية في الهند مع التجار هناك.

وفي إحدى الرَّحلات، وأثناء عودة (سالم) بالسفينة؛ عصف الجو، وهاجت الرياح على الأشرعة، وبدأت السفينة بالتمايل يميناً ويساراً، فبدأ قبطان المركب بالصياح بقوة على مساعديه: "اِرموا كل شيء في البحر وإلا سنغرق جميعاً..!"، ازدادت العاصفة وبدأت بتهشيم جزء من المركب، فبدأ يتساقط منه شيء من العتاد والأقمشة، وحتى من مساعدي القبطان.

بدأ المطر بالازدياد، وفجأة.. ضربت صاعقة برقٍ ساري المركب، ليسقط على رأس (محمد)، فيشج رأسه ويصيبه بنزيف فيه.

بعد الصاعقة، هدأت الأمور وخفَّ المطر، وانقشعت الغيوم؛ ليتبين مدى الدَّمار الذي أصاب المركب، وسبب فيه خسائر فادحة.

بدأ "النوخذة" - أي القبطان باللهجة الكويتية - بالبحث عن ناجين، ممن سقطوا في البحر، لكنه لم يجد أحداً غيره وأربعة من رجاله.

صاح أحد الرجال (بالنوخذة): "(محمد) سقطت عليه سارية المركب، وهو ينزف بشدة".. حاول (النوخذة) أن ينقذه، لكن (محمداً) كان يلفظ أنفاسه الأُخيرة؛ مُخبراً (النوخذة) بوصيته لابنه (سالم)، بأن لا يترك عمل أجداده أو يبدله بعملٍ آخر، ولا يتأخر عن مساعدة أي فقير يحتاجُه... بعد هاتين الوصيتين، اعتصر (محمد) ألماً، ثم نطق بالشهادتين، وتفيض روحه تاركة جسده جثة هامدة.

وصل المركب إلى الميناء وعليه آثار الدمار؛ ليشتد قلق (سالم) على أبيه...

أتاه (النوخذة) ممسكاً بملابس والده التي كان يرتديها حين وفاته، ووضعها بين يديه، معظّماً له الأجر بالدعاء في وفاة والده.

يشتد حزن (سالم) لِفقد أبيه، ويعمُّ السواد في منزله لثلاثة أيام متتالية،

أتى فيها التجار وعامة الناس ليواسوه ويشدُّوا من أزره، ويحثُّوه على أن يعود إلى محلاته.

في الليلة الثالثة من وفاة والده، أتاه (النوخذة) ليخبره بوصية والده التي تلقاها منه قبل موته.. هزّ (سالم) رأسه بقبول هذه الوصية، وبدأ بتنظيم نفسه، ونفض غبار الحزن، وأكمل ما كان والده قد بدأه عن جدّه، وتوسيع تجارته.

وبعد أن أصبح ابن (سالم) في العاشرة، أوصاه أبوه أيضاً، بما وُصي به من قبل، فلقّنه دروساً للكبار، وأفهمه أن هذا العمل هو عمل الأجداد، ولن نغيّره مهما كان السبب والحال...

وفاة الجوهرة

سافر (سالم) إلى الهند ليجلب بضاعة جديدة من الأقمشة هناك؛ تاركاً (محمد) في الكويت ليدير محلات أبيه.

كان (محمد) يصحو مبكراً؛ ليذهب إلى المحل الأول الذي يتم توزيع البضاعة منه على المحلات الأخرى بالتساوي في المدن والضواحي، حيث كان يوزعها بنفسه؛ جاعلاً في كل محل من ينوب عنه في البيع والمفاهمة مع الزبائن.

وفي إحدى الليالي، استفاقت (أم محمد) – الجوهرة – صارخة من شدة الألم في بطنها؛ ليأتي لها (محمد) بسرعة ليراها تعتصر ألماً تارة، وتتقيأ تارة! يصرخ (محمد): "ما بكِ يا أمي، أرجوكِ قولي لي ماذا حدث"، لم تُجبه؛ لأن الأنين كان كفيلاً ليبيّن له ما بها، ويمنعها عن الكلام لشدته.

ذهب (محمد) بسرعة لمنزل (المطوعة) -- امرأة معالجة – ليجلبها إلى منزلهم وتكشف عن أمّه (الجوهرة).

خرجت (المطوعة) من الغرفة التي كانت فيها (أم محمد)؛ لتخبره أنها عمِلَت ما عليها؛ من دهانٍ لموضع الألم، وقراءة القرآن في الماء الذي أشربته لها، راجية من الله الشفاء من هذا المرض.

في الصباح، دخل (محمد) غرفة والدته حتى يطمئن عليها؛ فنظر إلى

وجهها، فرأى التعب قد بان عليه، وقد نخر هذا المرض من جسدها ليضعفه.

أتت (المطوعة) مرة أخرى لفحص (الجوهرة)، حتى ترى إن كان هناك أي تحسن في صحتها، لكنها لم ترَ غير الضعف، وزيادة الاعتصار من الألم.

خرجت (المطوعة) إلى (محمد)؛ لتخبره أنها لا تستطيع عمل شيء لأنها لا تعرف ما هو هذا المرض.

عند منتصف الليل، استفاقت (الجوهرة) صارخة صرخات عالية، منادية لابنها (محمد) عدة مرات والدموع تخط على وجنتيها خط السيل.. فيأتي (محمد) مسرعاً وفي يده كأس من الماء ليعطيه لأمه.. تشرب (الجوهرة) الماء، لكن ما تشربه كان يخرج من فمها مرغمة، تمسك يد (محمد) وتبتسم وتقول له: "(محمد)، لقد حان أجلي"، وتخبره أن يبرَّ أباه في كل أموره، وفي أي حالة من حالاته.

اصفرَّ لونها، وبدأت تتنقيأ دماً، وابنها (محمد) لا يعلم ماذا يفعل، فتشخص عيون الأم إلى السماء، كمن رأى شهاباً يبرق، وتنطق بالشهادتين...

صرخ (محمد) بأعلى صوته لفقد أمه.. وضع رأسها على صدره باكياً منتحباً، فها هي قد ذهبت وسيذهب معها الحنان من المنزل...

هدأ قليلاً، ثم ذهب لمنزل الشيخ (عبد الصبور) ليخبره أنَّ والدته قد توفيت، وأنه يريد دفنها.

اجتمع كل من في المدينة على دفن والدة (محمد)، صلّوا عليها ودفنوها، ليفتح (محمد) بعدها منزله للمعزيّن؛ ليقدموا واجب العزاء.

في الهند.. (سالم) ينجح في إتمام أربع صفقات كبيرة للقماش...

في أحد الأيام، وبينما كان يمشي في شارع من شوارع الهند، داس على مسمار خرق إصبعاً من أصابعه...! لم يهتم كثيراً للأمر، ودعا الله أن يكون خيراً.

ووزّع بضائع صفقاته من الأقمشة على مركبين؛ حتى لا يأخذ من الحمولة ما يجعل المركب الواحد ثقيل الوزن، وهذه حكمة التجارة التي اكتسبها من والده. وأثناء الطريق، هبت بهم عاصفة، سلِموا منها بفضل الله، ولم يمسسهم سوء، ليمر أسبوعان بعدها، لم تعترض طريق مركبهم أي عاصفة، ليصلوا إلى الكويت بسلام في تمام الأسبوعين.

خرج (محمد) ليستقبل والده في الميناء، متشحاً بالسواد، ويعلو محياه حزن عميق... وعندما لاح والده وقد وضع رجله على آخر درجة من درجات سلم المركب، هبَّ إليه، واحتضنه بحرارة، وبدأ يجهش ببكاء الأطفال.

استغرب والده بكاءه هذا، وهو الذي ظنَّ أنه بات رجلاً رغم صغر سنه، وحمَّله مسؤولية كبيرة يعجز عنها الرجال، لما عرفه عن ولده من صبر وجلد، فلماذا بكاء الأطفال هذا...!

بعد برهة، هدَّأ (محمد) من روعه، ومسح دموعه، وتمالك نفسه، وبدأ يخبر والده بما جرى لأمه (الجوهرة)، وكيف أنها مرضت، وحدَّثه بالتفصيل عن ليلة وفاتها...

نزل خبر وفاة (الجوهرة) على (سالم) كالصاعقة، وتبادر إلى ذهنه كيف فقد والده قبلاً ولم يحضر له جنازة، وها هي زوجته اليوم قد ماتت، ولم يحضر جنازتها أيضاً، فانهمرت دموعه دون أن يتمكن من حبسها، فهو الرجل العتيد الذي لا يترك الملمات تهزه، أو تفقده شيئاً من إيمانه، إلَّا أن الرحمة والعطف اللذان ملآ قلبه، فاضا بدموعه تقطران كالمطر.

ذهب (سالم) إلى المقبرة، ناعياً فقدها لروحه، معلناً إعدام كلماته خنقاً في حنجرته، مطلقاً دموعه من محبسها حرة طليقة...

قعد حائراً آسياً على ما فقد، ولون الدنيا في عينيه قد تفحم، ناظراً لابنه (محمد) الذي سيعاني اليتم، والذي لم يبقَ له إلا والده، الذي سيكون وحده مسؤولاً عن تربيته.

دخل إلى منزله، وإلى غرفة نومهما هو و(الجوهرة)، تلك الغرفة التي باتت خالية ممن كانت تملأ دنياه سعادة وسروراً، صرخ بأعلى صوته: "يالجوهرة...!"، وحين سمع ابنه (محمد) اسم أمه؛ أجهشَ بالبكاء، وهرع ليرتمي في حضن والده، لا يدري أحدهما من يخفف عن الثاني ألمه، لكن (محمد) ومن

منطلق خشيته على والده أيضاً؛ ألّا يصيبه مكروه هو الآخر، تحامل على نفسه، وكفكف دمعه، وتظاهر بالتماسك، وبات يُذكِّر والده بأن هذه الدنيا دار فناء، ولا أحد باقٍ فيها، وأن لله ما أعطى وله ما أخذ، وكل شيء عنده بميعاد ومقدار...

خرجت هذه الكلمات من شاب صغير، لتخفف الألم عن والده.

مضت بضعة أيام، خرج بعدها (سالم) مع ابنه ليسترزقا، ويوزعا ما أتى به من الهند من بضائع على جميع مدن الكويت، مُعلِنين نفض بعضٍ من غبار الحزن الذي لن يُرجع الغالية بعد فقدها، ولن يردَّ جناحها الذي كان يأويهما تحت ظله، لكن (سالم) الوفي لزوجته، بدأ بنثر الصدقات على روحها، وحتى لم يأخذ قرشاً من ميراث تركته خلفها، بل أوعز به أن يقسم على ابنه (محمد) وعلى المساكين والمحتاجين.

عام على وفاة الجوهرة
(زواج سالم)

مرَّت سنة على وفاتها، قرر (سالم) أن يتزوج ليجد من يقوم على رعايته ورعاية ابنه والمنزل.

دخلت عروسه الجديدة المنزل والغرور يملأ قلبها، والحقد ظاهر على وجهها منذ اللحظة الأولى...! فقد عزمت أن تحرم (محمد) من ورثه، وتأخذ هذه الثروة من والده كلها..

بدأت (مريم) بإعطاء الأوامر للخدم؛ بعمل الفطور وتنظيف غرفة نومها.. لم يعجب (سالم) هذا الأمر، ناداها بأعلى صوته وأدخلها إلى الغرفة؛ ليخبرها أن غرفة نومها لا تُنظف إلا من قِبلها فقط...! وذلك لأسباب كثيرة شرحها لها، وذكَّرها بأن خزنة المال موجودة في غرفة النوم، بالإضافة إلى بعض صكوك الممتلكات التي باسمه واسم ابنه (محمد)...

أُذعنت للأمر، لكنها ماتزال مستمرة بالتخطيط؛ كيف تستفيد من هذه الثروة...

مرت ستة شهور، استفاق (سالم) في أحد الأيام على صوت (مريم) وهي تتقيأ بعد أن شعرت بالغثيان.. نادى ابنه (محمد) ليجلب (الداية)؛ لتكشف عن سبب غثيان (مريم).. تخرج (الداية) فتزغرد بأعلى صوتها، يأتي (سالم) وابنه (محمد) إليها ليسألاها عمّا يجري وعن سبب هذه الجلبة، فتشترط على (أبو محمد) أن يعطيها البشارة – التي تكون مالاً عادة – لتخبره بخبر يفرحه...!

أعطاها خمسة روبيات، فأخبرته أن (مريم) حامل، وهي في شهرها الثاني.. فرح الأب وابنه، أنه وأخيراً سيأتي أخٌ لـ(محمد).

بعد أيام من إعلان حملها، تبدأ (مريم) بالسعي لعدة أمور من بعد تخطيط لكل أمر. بدأت أولاً بمحاولة إقناع زوجها (سالم) بأن يكتب المنزل وأحد المحلات في المباركية باسم جنينها؛ ليرد عليها في كل مرة بأن تصبر حتى يأتي المولود، ثم يكتب لها ما يطيب لخاطرها.. فرحت بالأمر، لكنها تريد كل شيء بعجلة؛ حتى تتفرغ لأشياء أخرى.

في اليوم التالي..

يصحو (سالم) ويخرج لمزاولة عمله، و(محمد) مازال نائماً، فدخلت عليه غرفته وبدأت برفسه حتى يستفيق من نومه.

قام (محمد) مستغرباً من الأمر، قائلاً لها:

- ماذا يجري؟ لماذا هذا الفِعل؟!

- إن أباك قد ذهب إلى عمله، وأنت مازلت في سباتك نائماً!

- حسناً، سأقوم.. قولي للخدم أن يجهزوا لي فطوراً أتقوّى به.

نهتهُ وقالت له:

- إن الفطور يُوضع مرة واحدة فقط، ليس عدة مرات!

ذهب (محمد) إلى عمله والإعياء بادٍ عليه، ولأن عمله يحتاج للغذاء؛ حتى يتقوّى به، ويحمل البضاعة من مكان لآخر مع العمال، لم يستطع الاستمرار، فأُغشي عليه من شدة التعب والجوع.

ذهب العمال ليجلبوا له الماء حتى يستفيق من تعبه، رشّوا الماء على وجهه ثم أسقوه منه؛ فاستعاد جُزءاً من نشاطه..

ذهب لأقرب مكان فيه مطعم ليتناول بعضاً من الطعام..

رجع إلى المنزل والتعب بادٍ عليه، وذهب مباشرة إلى غرفته لينام.. طرق والده باب الغرفة فلم يرد، دخل عليه وجلس بجانبه وقال له:

- ألا تريد أن تأكل معنا؟

- لقد أكلت مع العمال في المحل يا أبي.

تمر الأيام والأسابيع على نفس الطريقة، من ضرب وإهانات لـ(محمد) من قبل زوجة أبيه (مريم)، وهو صامد، دون أن يُخبر والده بالأمر، فقط يحبسها في قلبه؛ لأنه يرى سعادة والده بحمل (مريم)، ولا يريد أن يضايقهُ بالأمر.

ذات يوم، جلس (محمد) مبكراً ليسبق والده إلى العمل في المحلات. وقامت بعدها زوجة أبيه وذهبت إلى غرفته حتى تصحّيه من النوم؛ لكنها لم تجده، ذهبت لزوجها لتخبره أنها لم

تجده في غرفته.. خاف (سالم) أن شيئاً ما جرى لـ (محمد)! لم يفطر، ولم يذق لقمة أبداً. ذهب للمحلات التي يتردد عليها (محمد)، فشاهده هناك..

- منذ متى وأنت هنا يا (محمد)؟

- والدي، لقد صحوت مبكراً، ثم ذهبت لإنجاز بعض الأعمال، ولأكتب ما تحتاجه المحلات من أقمشة ناقصة.. فرح والده لهمته وقوته في المحل، وتحمله لجميع المهمات.

في الصباح الأول من شهر رجب، ذهب (سالم) إلى الهند ليشتري البضاعة لمحلاته في مدن الكويت، تاركاً (محمد) مع زوجته (مريم) تتحكم به كالدمية بين يديها، تأمره بأشياء لا يستطيع عملها.

عاقبته بالضرب والمنع من الأكل، لم يستطع أن يقول لها (لا)؛ مخافة أن يكون هذا معصية لوالده، الذي وصّاه أن يحترم ويطيع أوامر (مريم) كلها دون رفض.

في نهاية كل يوم، يأتي (محمد) متعباً، حاملاً معه غلّة اليوم من الدكان، ويعطيها لزوجة والده لتضعها في الخزانة.. تأخذ الأموال بقوة من يده:

- هل أخذت منها شيئاً؟ إنني أعرفك، يدك تمتد إلى ما ليس لك من مال.

- أُقسم بالله العظيم لم آخذ شيئاً، هذا كل ما كسبناه من مال اليوم.

ورغم عودة (سالم) من سفره "غانماً"، إلا أن (مريم) لم تتوقف عن إيذاء (محمد)؛ ففي صباح اليوم التالي لعودته من

السفر، صعدت فوق سطح المنزل، ووضعت ملابسه المبللة على الحبل حتى تجف في الشمس، انتهت ثم أطلّت برأسها من الشرفة؛ لترى (محمد) ذاهباً إلى عمله..

هرعت بسرعة تجاه الدرج، وقامت بعرقلة نفسها، فسقطت من أول درجة إلى آخر درجة...! بدأت تصرخ بأعلى صوتها من الألم الذي دبَّ في جسدها جراء السقوط، شاهدها (محمد) وهي تسقط، ذهب لها بسرعة حتى يساعدها، صرخ للخادمات حتى يساعدنه في حملها ووضعها في غرفتها، ثم خرج ليحضر الداية، فعاد بها بعد نصف ساعة من خروجه. دخلت الداية تعاين حملها وتعاين الكسور في جسدها، بينما ذهب (محمد) ليجلب أباه ويُخبره بما حصل لـ (مريم)...

أتى (سالم) مسرعاً؛ وقلبه قد امتلأ خوفاً على الجنين الذي يترقبه..

دخلا المنزل، فخرجت الداية من الغرفة التي بها (مريم)، ذهب (سالم) للداية يستفسر عمّا حصل لها، قالت: "إن مريم قد نزفت كثيراً جداً حتى مات الجنين.. جسدها خالٍ من الكسور؛ لكنها فقدت الجنين جرّاء نزيفها الحاد....!"

حزن (سالم) للأمر؛ لكنَّه حمد ربَّه على كل شيء، واحتسب أمره عند الله.

دخل (سالم) إلى الغرفة ليرى (مريم) تبكي بقوة، أراد تخفيف الأمر عليها؛ لكنها سبقته بقولها: إن ما جرى لها كان بفعل ابنه (محمد)، وأخبرته بقصة ملفّقة حبكتها (مريم) بمساعدة شيطانها القابع داخلها؛ وهي أن (محمد) صعد السطح

ورماها من على الدرج، بعد أن وضع قدمه أمامها. وأخبرته بعدة كذبات؛ وهي أنه حينما كان يُسافر إلى الهند، كان (محمد) لا يأتي بالمال حتى تضعه في الخزانة، ويضربها حينما تسألُه عنه...! احمر وجه (سالم) واستشاط غضباً. خرج بسرعة من الغرفة.. صرخ باسم ابنه (محمد) وعلامات الفرح والسرور في وجه (مريم) من الكذب الذي حشته برأس زوجها (سالم)، الذي أمر (محمد) بألا يتحرك من محلِّه، وذهب إلى غرفة (المستودع) وأخرج عوداً من الخيزران، وعاد لـ (محمد) صارخاً به ليخلع ملابسه. عرف (محمد) أن هناك خطة قد حيكت ضده، وأن (مريم) ملأت رأس والده بالكذب.. لم يتكلم، وقام بخلع ملابسه؛ فبدأ والده بضربه وهو يصرخ: "لماذا فعلت هذا الأمر مع (مريم)؟ هل هذا طمع منك؟ لا تريد أخاً أو أختاً تشاركك الورث؟!".

كان وقع كلمات والده عليه أشدّ إيلاماً من ضرب العصا، و(مريم) تنظر من النافذة وتتلذذ برؤيته يُضرب، وهو في الأصل صائم، مما زاد في معاناته من العطش والألم والجوع والإعياء، فسقط مغشياً عليه؟

في الليل، استيقظ من النوم والألم قد أنهك جسده، وجد بجانب سريره بعضاً من الأكل حتى يتغذى، فشرب الماء وبلّل ريقه حتى يذهب ظمأه. لم يستطع القيام؛ لأن قدمه متورمة من شدة الضرب الذي ناله من والده.

جلبت له الخادمة بعض الماء حتى يغسل به جروحه، وبعض العلاجات من الطب الشعبي الذي جلبه والده.

طوال شهر رمضان لم يأكل مع والده على فطورٍ أو سحور، يصبّح عليه ورأسه وعيناه تتجه إلى الأرض.. يريد أن يخبره بالحقيقة، لكنه لا يكلمه...

وفي ليلة العيد، قرر (سالم) أن يسافر إلى الهند ليعوّض ما فقده، يخبر (محمد) أنه ذاهب.. لم ينظرا في أعين بعضهما البعض ووالده يتكلم.. قاطعه (محمد) وفي يده سجلات، قال له: "اقرأ هذا السجل؛ سترى الحقيقة يا والدي، لقد ظلمتني وضربتني، ولم أعصِك أو أكذِّب خالتي (مريم)".

ركب (سالم) المركب وبدأ بتقليب السِّجِل، ورؤية كل صفحة، وفيها أرباحٌ لكلِّ يومٍ أثناء سفره للهند في الشهور الماضية...! لم يكن هناك نقصان في المال أو خسارة كما ادعت (مريم)...!

عاهد (سالم) نفسه أنه إذا رجع إلى الكويت سيطلّق (مريم) على كِذبها وسرقتها للمال.

رجع (محمد) إلى المحلات وقد ارتاحت نفسه حينما أخبر والده بالحقيقة.

في المساء، عاد إلى المنزل، وأخبر (مريم) زوجة والده؛ أن والده قد ذهب إلى الهند حتى يجلب البضائع، وسوف يرجع بعد أسبوعين، كان يتكلم وشفتاه عامرتان بابتسامة عريضة، والبهجة والسرور باديان على محيّاه، مما أثار فضول الخالة، التي لم تكتم تساؤلها، فسألته عمّا يفرحه، فصدمها بأنه فضحها أمام والده، وقد أخبره عن كل ما جرى.

بدأت المخاوف تجتاحها، وقلبها يخفق بسرعة لما سيجري لها بعد أن يعود زوجها من الهند.

بدأت بحمل أثمن ما عندها من ملابس وذهب، واستدعت والدتها وأعطتها إياهم...

تتوالى الأيام ويقترب موعد قدومه إلى الكويت...

في الكويت تندلع النار في أحد المحلات وتلتهم كل البضاعة التي فيه،

يأتي العامل (صبري) ويعتذر لـ (محمد)؛ لأنه نسي الشمعة داخل مستودع المحل، لكن (محمد) لم يؤذِ العامل بل حمد ربه، والنار لم تأكل الكثير، فلحسن حظه أنه كان قد فرَّغه من محتواه من البضائع التي وزعها، وما احترقت إلا البضائع القديمة الكاسدة.

اليوم هو يوم سبت، موعد وصول (سالم) من الهند.. يذهب (محمد) لانتظاره في الميناء كعادته، وعندما لاح له من بعيد، هرع الأب هذه المرة باتجاه ابنه، حضنه بشدة واعتذر منه عمّا فعله به في شهر رمضان، لكن (محمد) لم يكن راغباً بأن يضع والده موضعاً أدنى يضطره فيه بأن يعتذر، اكتفى بأن يقول له بأن الحقيقة مرّة، كان من الصعب أن يخبره إياها بكل بساطة، وكان يؤمن يقيناً بأنه سيأتي يوم ويعرفها لوحده.

توجّه (محمد) بأحمال البضاعة لتوزيعها فوراً على المحال والمستودعات، بينما اتجه (سالم) إلى بيته.. وجد زوجته (مريم) تُبخّر المكان، مرتدية أحلى الملابس والحُلل، واضعة على شعرها المشموم (الريحان)، وحين اقتربت منه؛ رفع يده

بإشارة أن توقفي، مهلك، فتسمرت في مكانها، وأول كلمة قالها لها هي: "طالق"، وكررها ثلاث مرات، وأخبرها أن المنزل سيُكتب باسمها كمؤخرٍ لها، لكنه سيأخذ الأشياء الضرورية منه...! دمعت عيناها حزناً، لم ترد أن تفقد العِزّ والجاه الذي مع (سالم)، لكن الأمر أصبح أكبر منها.

وبعد مرور فترة من الزمن؛ عوَّض (سالم) وابنه كل الخسائر التي خسراها جرّاء سرقات (مريم) للمال، وأصبحا مرةً أخرى أغنى أغنياء الكويت في سوق القماش، وأصبح اسمهم يُحسب له ألف حساب في تجارة القماش...

اشترى (سالم) فيلا في مدينة الكويت، واشترى قطعتي أرض، واحدة في منطقة الأحمدي، وأخرى في منطقة الجهراء، وهي من المناطق المهمة في دولة الكويت.

عزم (سالم) ألا يتزوج إطلاقاً؛ إلى أن يشتد عود (محمد).. وتمر السنين كطوي الصفحات في دفتر الأيام، ويبلغ عمر (محمد) اثنين وعشرين سنة.. رجل بكامل قوته وصحته وشبابه، تاجرٌ بارع ذو قيمة واحترام وهيبة بين التجار، ممسكاً بجميع تجارات والده، تاركاً له حرية الجلوس في البيت، والراحة بعد سنين طويلة قضاها في التعب والسفر والتجارة.

أحداث متطورة ومتسارعة تمرُّ على دولة الكويت، فتتوسع الصناعات، لتبدأ الحكومة بشراء الأراضي من الناس بأثمانٍ باهظة جداً، فتعود ثورة الأراضي هذه على (سالم) بالخير الوفير، وكأن أحداً أخبره أن هذه الأراضي ستصبح له كنزاً يوماً ما، فقد اشترتها منه الحكومة بأسعار فلكية.

أعطى (سالم) مُجمل الصلاحيات للتصرف في المال لابنه (محمد)، وبدأت تجارتهما بالتوسع والتمدد أفقياً وعمودياً، فقد افتتحا لهما فروعاً في عدة دول خليجية أخرى، في دبي والمنامة، وبدآ يخططان لافتتاح محال لهما في المملكة العربية السعودية وسلطنة عمان..

الحرب العراقية الإيرانية

في شهر أيلول/ سبتمبر من سنة 1980، اندلعت حربٌ بين دولتين مجاورتين لدولة الكويت، العراق وإيران، وفي تصاعد واشتداد الحرب بينهما؛ تنزح عوائل كثيرة إلى دول الجوار، بعض من العوائل هربت إلى تركيا لتستقر هناك حتى يهدأ الوضع، وبعضها الآخر ذهبت جنوب العراق باتجاه الكويت والسعودية...

ومن العائلات التي نزحت إلى الكويت؛ عائلة الحاج (كاظم البصراوي).

الحاج (كاظم) يُعتبر من أغنياء البصرة، لكن لم يكن لديه أولاداً كُثر، فقط (سعاد)، ابنته الوحيدة، وحتى زوجته (هاجر) قضت نحبها في انفجار لُغم وهُم في طريقهم لعبور الحدود، وقد تم دفنها في صحراء العراق، مع بقية من فقدوهم هناك.

كانت (سعاد) فتاةً بعمر الزهور، طويلة ورشيقة، شعرها أشقر طويل، لها منكبين مفتولين.. ورثت هذا الجمال عن والدتها.. في حديثها يشتاق السامع إلى كلمة تقولها، لها وجنتان ممتلئتان مشرَّبتان بالحُمرة، حديثها حديث النساء الناضجات اللائي اكتسبن الخبرة بمرور السنين، إلا أنها قد اعتراها الحزن والهم؛ لفقد أمها في هذه الحرب الشنعاء، التي دمرت

ممتلكاتهم وشردتهم. كانت كلما يأتي الليل تتذكر أمها، التي كانت تأتي كل ليلة لتضعها في فراشها وتغطيها، وها هي الآن وقد فقدت هذا الحنان إلى الأبد.

كعادة أهل الكويت من الكرم واللهفة، يستقبلون العائلات بصدرٍ رَحِب، ويفتحون لها جميع البيوت، لتستقر فيها كُلُّ العائلات النازحة، فما كان من (محمد) ووالده (سالم)، إلا أن فتحا (الفِيلا) الخاصة بهم لعائلة الحاج (كاظم) مع ابنته (سعاد) وخدمه، وأعطياهم الطابق السُفلي حتى يأخذوا راحتهم فيه.

بعد أن فتح (محمد بن سالم) بيته للحاج (كاظم) أحسَّ الأخير بالحرج، وبدأ يفكر بكيفية رد هذا الدين لهما، فما كان منه كبداية إلا أن أمر خدمه أن يخدموا الطابقين؛ العلوي الذي يسكنه (محمد) ووالده، والسفلي الذي يقطنه الحاج (كاظم) والذي كانوا يخدمون فيه أساساً. وافق (محمد) على مضض، فلم يكن ما يفعله مع الحاج (كاظم) وابنته كدين؛ بل كان يعتبره واجباً يحتمه عليه الكرم والنخوة.

تمر الأيام، وتشتد الحرب بين إيران والعراق، والعوائل المهجرة تقضي معظم وقتها أمام التلفاز، وخلف المذياع، لمتابعة ما يجري وما ستؤول إليه هذه الأحداث.

تمر سنتان من عمر الصراع.. ماتزال هنالك توترات بين الدول المتحاربة.. أراد الحاج (كاظم) العودة إلى العراق، لكن كل محاولاته باءت بالفشل؛ لأن الحدود الكويتية العراقية مغلقة بسبب الأوضاع.

يرجع الحاج (كاظم) مرة أخرى وهو محمَّل بالهموم، اشتاق للمكان الذي وُلد فيه، ولا يريد الموت في دولة أخرى.

بعد عودته، استقبله (محمد) وهو حزين من محاولاته للعودة، فهو لا يريد أن يفارقه أبداً...

وفي لحظة استقبال (محمد) للحاج (كاظم)؛ لاحت نظرات عشق بين (سعاد) و(محمد)، النَّظرات التي أخجلت كلاً منهما، فأطرقا النظر إلى الأرض.

كان (محمد) في كل صباح، وبعد أن يسلِّم على أبيه ويفطر معه، يستأذن منه ويذهب للحاج (كاظم) ليطمئن عليه، يتحدث معه قليلاً ويحاوره، لكن نظراته تذهب يميناً وشمالاً؛ حتى يرى من سرقت قلبه.

ينادي الحاج (كاظم) على ابنته (سعاد)، فتأتي مسرعةً لتُلبي طلبه، أتت وعيناها منكسرتان نحو الأرض، فطلب منها والدها أن تحضر الشاي لـ (محمد) حتى يشربه... نظرت له.. خجل من نظراتها الخاطفة وتلعثم في الحديث مع الحاج.. استدارت هاربة باتجاه المطبخ. في المطبخ، ترتعد وتشهق بنفسٍ سريع ومتتالٍ...! هدَّأت من روعها وبدأت بعمل الشاي لأبيها و(محمد).. دخلت تحمل الشاي وهي عاجزة عن النظر باتجاه (محمد)، فلم ترفع بصرها عن الأرض، و(محمد) يراقبها لعلَّه يصطاد عيونها بسهم من عيونه، لكن ذلك لم يحصل؛ فقد وضعت الشاي وذهبت مسرعة.

يأتي الليل بحديث شجونهِ وهموم العاشقين، نظرات للسماء لا تنفك، يتحدث العشاق إلى نجومها، ويبوح كل منهم

لها بما في قلبه من شجونٍ وهيام.. كانت هذه هي حالة (محمد) و(سعاد) كل ليلة...

ينظر (محمد) من نافدته إلى الدور السفلي من الفيلا، لعلَّه يرى ظل (سعاد).. يدعو الله أن يتحقق هذا الأمل. وفجأة، تخرج (سعاد) ماشيةً في الحديقة، يراها؛ فيرمي باتجاهها وردة حمراء اللون.

ترفع عينيها فترى الوردة تسقط بهدوء.. تلتفت إلى مبعث تلك الوردة، فتلتحم سهام نظرها برماح نظرات (محمد).. خجلت من الأمر.. أطرقت النظر.. ثم عادت لترفع عيونها مرة أخرى.. أشار لها (محمد) من بعيد أن هذه الوردة مني لك.. التفتت يميناً وشمالاً، لم ترَ أحداً، أخذت الوردة ثم هربت مسرعة إلى الداخل.. دخلت غرفتها مسرعة حتى لا يراها أحد ويرى ما بيدها.. وبسرعة وضعتها تحت وسادتها، أطفأت الأنوار، جلسَت وعتمة الغرفة قد أصبحت دامسة، والهدوء يملأ المكان...! ماذا تفعل؟ ماذا يجرى لها؟ يداها ترتعشان من شدة التوتر والخوف..

قامت من سريرها وأشعلت النور من جديد، نظرت إلى غرفتها وكأنها المرة الأولى التي تدخلها فيها.. نظرت لجهة الوسادة.. ابتسمت خجلاً.. ذهبت لوسادتها على استحياء، مشت بخطوات متأنية حتى وصلت إليها.. رفعتها.. نظرت إلى الوردة وتذكرت نظرات (محمد).. بدأت الابتسامة تطفو على وجهها، بانت أسنانها من شدة الفرح والسرور.. رفعت الوردة ثم وضعتها في إناء ورشتها بالماء حتى لا تذبل، وباتت (سعاد)

من بعد تلك الليلة؛ تترقب قدوم (محمد) كل صباحٍ ليُسلِّم على والدها، ليسرقا من بعضهما نظرات المحبين التي يملؤها الشوق واللهفة.

ذات صباح، جلسَت (سعاد) مبكرة، وجهزت إبريق الشاي الذي عشقه (محمد)، لكن تعبها راح هباءً؛ لأنه لم يأتِ ليُسلِّم على والدها، الأمر الذي أحزنها كثيراً وأشغل بالها عمّا إذا كان بخير.. صعدت إلى الدور العلوي، وجدت الخادمة، سألتها عن (محمد)، فأخبرتها أنه قد سافر إلى البحرين. ارتاحت لأنه بخير، وأنه ما من خطب هنا، شاهدها والد (محمد) متواجدة في طابقه العلوي، ناداها لتشرب معه الشاي، فاقترحت عليه أن تشرّبهُ شاياً من صنع يديها.. وافق بسرعة.

أثناء شربهما الشاي، تبادلا أطراف الحديث، فعرف منها أن عائلتهم غنية جداً.. أفرحه هذا الأمر، وقال في نفسه: "لو تزوج (محمد) من (سعاد)، فثروة الحاج (كاظم) بعد موته ستؤول لابنته.

لم يكن (سالم) يَعلم أن ابنه (محمد) يعشق (سعاد)، وأنها تبادله العشق، لكن حُب المال دائماً ما كان يطغى على تفكيره، رغم كثرته لديه.

عاد (محمد) من سفره بعد حلِّ مشكلة حدثت في مصنع لهم للأقمشة في مملكة البحرين.. عاد ليرى من زاد شوقه لها وهو مسافر.. ذهب مباشرة من المطار إلى الحاج (كاظم) ليُسلِّم عليه، ويرى معشوقته.

دخل عليه وسلَّم، فرحَّب به الحاج ترحيباً حاراً، وبدأ يقاصصه بالحكايات والحوادث والطرف، لكن (محمد) لم يكن منصتاً، والحاج يتنقل من حكاية إلى حكاية، وقلب (محمد) يتفطَّر لتأخر (سعاد) في الدخول لتقديم الشاي كالعادة، وبعد ساعة ونصف من الانتظار؛ رآها تنزل من الدور العلوي، استغرب من هذا الأمر.. نظرت إليه بلهفة وفرح، وعيناها تترقبانه.. تمنت لو تحتضنه؛ لكن الأمر ليس بيدها.. سلَّمت عليهم.. فقال والدها بعد أن ردّ السلام هو و(محمد): "أين كنتِ يا ابنتي"، كان هذا سؤال (محمد) الذي لم يستطع قوله، إلا أنه جرى على لسان الحاج (كاظم)، ردّت على والدها أنها كانت جالسة مع الحاج (سالم)، وقد صنعت له الشاي. استأذن (محمد) بسرعة ليعرف سبب قدوم (سعاد) عند والده، صعد بسرعة إلى والده.. سلَّم عليه وقبّل رأسه، ورأى على المنضدة كوبي شاي، انتهز الفرصة ليسأل عن الأمر..

- لمن الكأس الثاني يا والدي؟

- لـ (سعاد)، ابنة الحاج (كاظم)، كانت هنا وتبادلنا أطراف الحديث. ومن ضمن الحديث الذي دار.. علمت يا ولدي يا (محمد) أن الحاج (كاظم) غني جداً، ولا بد أن نجعله شريكاً معنا في المصانع. لم يوافق (محمد)؛ لأن ذلك سيقلل من فرصة الزواج من (سعاد)؛ فقال لوالده أنهم لا يحتاجون إلى شريكٍ على الإطلاق، ثم انتهى النقاش...

في الليل، أرسل (محمد) رسالة لـ (سعاد)؛ ليعرف ماهية مشاعرها تجاهه.. الرسالة كانت عبارة عن أبيات شعرية نابعة

من قلب عاشق؛ فهل ستفهم ما ترمي له من هذه الأبيات، وهل ستردُّ عليه بالموافقة، فلقد عشقها حدّ الجنون مثل ما عشقته.

لا يريد (محمد) سوى ردّ (سعاد) بالموافقة حتى يتقدم لها، دون أن يتدخل والده الجشع، فهو يريد حياة زوجية سعيدة مبنية على الصدق؛ لا على المصلحة.

ردّت (سعاد) بأبيات شعرية باللهجة العراقية، ففرح (محمد) فرحاً شديداً؛ فردّها كان إيجابياً وليس سلبياً، والآن يتشجع (محمد) لخطبتها وهو مُرتاح البال.

زواج محمد بن سالم
من سعاد

1985 للميلاد..

بعد خمس سنوات من الحب والعشق، قرر (محمد) أن يتقدم لخطبة (سعاد)، بعد أبياتها الشعرية التي دسّت بين شطورها موافقتها.

فاتح (محمد) والده بموضوع الخطبة، لم يتمالك الأب نفسه من شدة الفرح؛ فلقد أراد هذا الأمر منذ فترة طويلة؛ لجشعه وطمعه بمال والدها! وعلى الفور؛ ذهب (سالم) لمحادثة الحاج (كاظم).

بعد شرب القهوة والشاي؛ أخبر (سالم) الحاج كاظم أن ابنه (محمد) يرغب بالزواج من ابنته (سعاد)، فردَّ الحاج (كاظم) أنه يحتاج مهلة للتفكير وابنته في الموضوع، فقال الحاج (سالم): "خذوا وقتكم".

دخل الحاج (كاظم) غرفة ابنته (سعاد)، جلس بجانبها وأخبرها أن ابن الحاج (سالم) قد تقدم لخطبتها، وسألها إن كانت موافقة.. طأطأت رأسها خجلةً، واحمر وجهها مع وجنتيها.

بعد أن أخذ موافقتها؛ ذكّرها ببعض الأشياء التي ستفقدها إن وافقت..

أخبرها أنها ستفقد الرجوع إلى العراق حين تنتهي الحرب، وأن الكويت ستكون بلدها ويرجع هو فقط...! ترددت بالموافقة، لكن عِشقها جعلها تتنازل لتبقى مع حبيبها.

بعد يومين، صعد الحاج (كاظم) ليُخبر الحاج (سالم) بموافقة (سعاد) على الزواج من ابنه (محمد).. فرح الحاج (سالم)، وكأنه هو الذي سيتزوج وليس ابنه...!

في الليل، جلب (محمد) المأذون؛ حتى يعقد قرانهما.. سأل الشيخ (سعاد) عن موافقتها فلم ترد؛ لأن تلك هي العادة، موافقة الفتاة البكر مرتبطة بصمتها.

عقد الأمر، وتمت الخطبة، وقرر الحاج (سالم) أن يكون الزواج بعد أسبوع من الخطبة.

بعد أسبوع

أُقيم حفل الزفاف في أحد قصور الأفراح، وحضرت أعداد كبيرة من التجار والأصدقاء مهنئين بهذه المناسبة.

انتهت المناسبة وذهب كل المدعوين.. كان أكثر الناس فرحاً بهذه الزيجة هو الحاج (سالم)، الذي أمِلَ أن تجتمع ثروات ابنه بثروة ابنة الحاج (كاظم).

في صباح اليوم الثاني من الزفاف..

استيقظت من النوم سعيدة مبتهجة، فتحت ستائر النافذة، نظرت حولها فلم تجد (محمد) على الفراش ولا في الحمام، سألت الحاج (سالم) عنه فأخبرها أن (محمد) ذهب إلى عمله...!

أصابت (سعاد) الدهشة والحزن، كيف يتركها في صباح الزواج؟! كان من المفترض أن يأخذ إجازة لا تقل عن أسبوع لِيَهنأً بالزواج معها.

عاد (محمد) من عمله، ووجد الغداء على غير العادة، نادى الخدم وسألهم عن الذي حضّرَ هذا الغداء، قالوا له أن "السيدة" هي التي عملت كل شيء، ولم تسمح لهم بِفعل شيء معها...!

نظر (محمد) إلى طاولة الطعام؛ فوجد أن كلَّ الوجبات غريبة ولم يرَ مثلها من قبل، فكل الوجبات كانت عراقية وبنكهة عراقية خالصة..

ناداها.. أتت.. قَبّلَ رأسها وشكرها على كل شيء.. قالت إن هذا واجب عليها خدمة زوجها وتلبية طلباته.. أعاد الكرّة ثانيةً وقبّل رأسها، ثم نادى الحاج (سالم) والحاج (كاظم) ليتناولا الغداء معهما.

اجتمع الجميع، وعلى مائدة الغداء؛ تطرّق الحاج (سالم) لتجارة الحاج (كاظم) في البصرة، وسأله لماذا لا يعمل بماله في الكويت، هزَّ الحاج (كاظم) رأسه ولكن (محمد) قاطع والده وقال: "ربما الحاج لا يريد يا والدي".. فهم الوالد أن الحاج (كاظم) تضايق من سؤاله عن هذا الأمر، ولكن الحاج (كاظم) كان قد أخبر ابن عمه في البصرة أن يحوّل ممتلكاته المالية كلها لأحد بنوك الكويت.

ثم قال لـ (محمد) إن ممتلكاته سوف تحوّل خلال أيام، ويريد أن يحرك ذلك المال بدلاً من تجميده طيلة فترة الحرب في بلاده.

(محمد) أخبر عمّه الحاج (كاظم) أن سوق العقارات في الكويت مُزدهر، إذا ما رغب في زيادة أرباحه.. وافق الحاج (كاظم)، وعلى الفور؛ قرر هو و(محمد) البحث عن عدة أراضٍ يشتريها، ويكتبها باسم ابنته دون علم أحد.

اشترى عشرة أراضي، وكتبها كلها باسمٍ واحد فقط، ثم وضع مبلغاً من المال كوديعة لابنته دون عِلمها، وكأنه يُجهِّز نفسه للرحيل عن هذه الدنيا ويضع كل شيء ميراثاً لابنته.

1986 للميلاد...

مرض والد (محمد) ورقد على فراش الموت، حمّى شديدة دون سابق إنذار، كشفت الفحوصات الطبية أنه يعاني من مرض عضال، وقد حصل تشوُّه في قلبه مما جعل خلاياه في هياكل العضلات القلبية ضعيفة.

قرر (محمد) أن يعالج والده في ألمانيا؛ لكن الإجراءات تأخرت مما عجّل بموته...!

بعد أيام من الحزن الذي أصاب (محمد) بموت والده، عاد ليزاول عمله كالمعتاد، يعقد صفقات ناجحة في مصنع الأقمشة، ولكن قلبه يتفطَّر كلَّما رأى هذا المصنع، ويتذكّر والده الذي أسس صناعة وتجارة الأقمشة في الكويت.

يعود (محمد) لمنزله يومياً منهكاً من التعب، يرى وجه زوجته (سعاد)، فيتغير وجهه العابس ويتحوّل همُّه إلى سعادة.

مضت سنة وعدة شهور على زواجه بها، لكن لم يحدث حمل إلى الآن، الأمر الذي دفع (محمد) لأن يسألها عن سر هذا التأخر، أو أنها شعرت بأي عرض من أعراض الحمل، لكنها لم تجد ما تجيب به، إذ لم يكن هناك أي ملامح حمل، حاولت أن تطمئنه؛ بأن الله سيرزقهما الولد عمّا قريب، فكل شيء بأمره.

في أحد الصباحات، استيقظت (سعاد) من النوم لتجهيز طعام الفطور لزوجها وأبيها، واستيقظ بعدها (محمد) ليرى الفطور جاهزاً، جلست بجانبه وصبَّت له الشاي.. أطعمته لقمة والثانية أرادت وضعها في فمها لتقوم من فورها إلى الحمام وتتقيأ، تبعها زوجها ليطمئن عليها، ويفهم ما يجري، لكنها كانت تتقيأ بكثرة، فأخبرها أن تجهِّز نفسها ليذهبا إلى المستشفى حتى يكشف عليها الطبيب.

ذهبا للمستشفى، وأُجريت لها بعض الفحوصات، وبعد قليل جاءت الطبيبة لتعلن الخبر السعيد لـ (محمد)؛ وهو خبر حمل زوجته.. نظر إلى زوجته والدهشة تملأ عينيه، فارهاً فاه، حائر الفكر، لا يجد ما يقوله من فرط السعادة... شكر الطبيبة على هذه البشارة، وحمد ربَّه، أمسك بيدها وأخبرها أن تتمسك به بقوة، وأن تخطو خطوات صغيرة وأن لا تستعجل.

عادا للمنزل بشوق للقاء الحاج (كاظم)؛ ليزفّا له الخبر السعيد.. دخلا صارخين باسمه لكنه لم يجب، بحثا عنه في كل ركن من البيت، ليجداه أخيراً؛ مغشياً عليه في الحديقة، هبّ

(محمد) بطلب الإسعاف هاتفياً، أمّا (سعاد) التي هالها منظر والدها المطروح أرضاً، فقد انتابها مغص شديد، فسارعت إلى الحمام، لتجد أن نزيفاً قوياً أصابها، وبدأ الدم يفيض من رحمها، صرخت منادية زوجها، لكنه كان قد خرج مع الإسعاف ورافق عمَّه الحاج إلى المستشفى.

في المستشفى، أُدخل الحاج (كاظم) غرفة العناية المشددة، التي لم يتوقف دخول الأطباء وخروجهم مسرعين منها، و(محمد) يقف بالباب تائهاً حائراً، ليخرج أخيراً أحد الأطباء، ويخبر (محمد) بأسف، بأنهم حاولوا إنعاش الحاج (كاظم)، وضعوا له أجهزة التنفس الصناعي، وحاولوا إعطاءه حقناً محرضة لعمل القلب، ثم حاولوا إعطاء قلبه نبضات كهربائية، إلا أن الموت سبقهم، لم يستطيعوا أن يفعلوا له أكثر مما فعلوا، فوافته المنية. مات الحاج (كاظم) وكله حسرة وحرقة على بلده العراق، التي ما فتئ يتمنى العودة إليها، وكل أمنيته كانت أن يدفن هناك.

رجع (محمد) من المشفى وهو يكلّم نفسه كالمجاذيب، لا يدري ماذا سيقول لزوجته، وكيف سيخبرها بموت والدها؟! دخل المنزل فأسرع إليه الخدم ليخبروه أن السيدة تصرخ من الألم، دخل الغرفة فوجدها ملطّخة بالدماء، رفعها بقوة وذهب بها إلى المستشفى؛ قلبه ينبض آلافاً في الدقيقة، خوفاً من فقدها، إذ لم يتبقَ له إلاها في هذه الدنيا.. وضعها في السيارة وسار بسرعة جنونية، قطع عدة إشارات مرورية، لحقتهُ دورية من شرطة المرور وأوقفته، نزل الضابط ليسأله عن سبب قطعه

كل تلك الإشارات، فصرخ في وجه الضابط باكياً: "لا أريد أن أفقدها...!"

نظر الضابط إلى المقعد الخلفي؛ فوجد امرأة مضرجة بدمائها، أخبر (محمد) أن يتبع سيارة الدورية التي ركبها الضابط وشغل صفارات الإنذار طيلة الطريق؛ ليجعل جميع السيارات التي أمامه تفسح لهم بسرعة.. وصلوا بسرعة فائقة إلى المستشفى، بفضل ذلك الضابط، نزل (محمد) وقبّل جبين الضابط على عجل، فما قام به كان في قمة النخوة والشهامة.

بعد ساعات..

خرجت الطبيبة لتخبر (محمد) بأمر محزن جداً؛ وهو أن الجنين قد فُقد جرّاء النزيف الحاد الذي أصيبت به (سعاد)، لكنه لم يهتم بهذا الأمر رغم عظمه، كان جلّ تفكيره مُنصب على صحة زوجته، فطمأنته الطبيبة أنها بخير، فقط تحتاج إلى الراحة بعد فقدها للدماء.

دخل (محمد) على زوجته، قبّل رأسها، وتَحمَّد الله على سلامتها، فبادرته من فورها بالسؤال عن صحة أبيها...! لم يخبرها بشيء، فقط طلب منها أن ترتاح ولا تقلق، لكنها رأت الحزن في عينيه، فسألته ما كان يخشى قوله:

- هل ماتَ والدي؟

- نعم...

انفجرت (سعاد) بالبكاء، فحاول أن يهدِّئها لكنه لم يستطع، فاستدعى الطبيبة لتعطيها شيئاً يهدئها، وبالفعل، أعطتها

الطبيبة حقنة من المهدئ.. نامت بعمق شديد، ودمع عينيها قد خطَّ على خدها.

في اليوم التالي..

استفاقت (سعاد) والحزن والتعب قد أنهكا جسدها، هذا فضلاً عمّا نزفته من دماء. استيقظ (محمد) الذي كان قد نام بجانبها على كنبات الغرفة، وضع يده على رأسها وصار يمسح على جبينها ووجهها، وهي مستمرة بالبكاء، وهو يسعى جاهداً ليخفف عنها، لكن قلبه كان يعتصر ألماً عليها.

بعد فترة، تحسنت صحة (سعاد) لكنها كانت ماتزال غير قادرة على المشي باتزان، فأخرجها زوجها من المستشفى على الكرسي المدولب، ليعودا إلى منزلهما ويستقرا بعد كل هذا التعب.

قرر (محمد) أن يأخذ إجازة ويسافر مع زوجته ليرفِّه عنها وعن نفسه، ولربما تنسيهما الرحلة ما أصابهما، وتُسلِّي (سعاد) وتخفف عنها ألم الفراق وألم الحزن.. حجز في رحلة إلى سريلانكا، تلك البلاد الجميلة بطبيعتها المميزة، والهدوء والسكينة، إذ أنّ زوّار تلك البلاد عادة ما يكونون قلة، وخاصة خارج أوقات العطلات. حجز في منتجع تلفّهُ الغابات وتزينه الطبيعة الهادئة، التي لا يعلو فيها صوت على صوت زقزقة العصافير، مما منحهما فرصة ليجددا حبهما، ويعيشا جو شهر العسل من جديد.

استغرقت نقاهة (سعاد) أسبوعين، استعادت فيهما راحتها، وجددت نشاطها، وانتعش قلبها وجسدها من جديد، فعادا إلى الكويت، كلٌّ إلى حياته، وعاد (محمد) إلى مزاولة عمله.

بعد فترة من عودتهما من السفر، وبينما كان (محمد) يقرأ صحيفة الأخبار الصباحية ويتناول كأس شايه، ضُرب جرس الباب، فذهبت إحدى الخادمات وفتحت، ثم عادت لتخبره أن شخصاً بالباب يريد مقابلة السيدة (سعاد)، فذهب (محمد) ليستطلع الأمر.. إنه المحامي (إبراهيم)، استقبله (محمد) داخل البيت، فأخبره أنه يريد لقاء زوجته (سعاد) ليخبرها بأمر الوصية التي تركها والدها لها.. على الفور ذهب (محمد) لينادي زوجته.. دخل غرفتها وقال لها أن المحامي ينتظرها تحت؛ ليفتح وصية والدها الحاج (كاظم).. دمعت عيناها.. طلبت أن توافيهم في الأسفل بعد نصف ساعة، فنزل (محمد) إلى المحامي، جلس بجانبه وقدّمَ له الشاي، وبدآ بالتسامر مع بعضهما البعض.

بعد نصف ساعة..

نزلت (سعاد) بعد أن لبست عباءتها ووضعت حجابها، والحزن يملأ عينيها..! جلست بجانب زوجها.. قال لها المحامي أن لديه مجموعة من الأوراق قد أوكلها له أبوها قبل موته، بين هذه الأوراق وصية كتبها والدها، فطلب منها لكي يفتح الأوراق، وتعرف ما هي الوصية.. طلبت منه (سعاد) أن يبدأ.. فتح ثلاث أوراق، كُلها صكوك لأراضٍ داخل الكويت، مكتوبة

باسمها، ثم قرأ الوصية التي كانت مدمجة بورقة صغيرة فيها رقم حساب بنكي باسمها:

"بسم الله الرحمن الرحيم..

بعد الثناء والحمد لله رب العالمين، عزيزتي.. ابنتي (سعاد)، فلذة الكبد وريحة الريحان والياسمين، كُنت أتمنى أن تدفن جثتي في مدينتي.. البصرة.. لكن ويلات الحرب قد حالت دون ذلك.. بعد فراقنا بموتي، يكون كل ما أملك قد صار مكتوباً لكِ، باسمكِ، وزوجك المخلص (محمد) على دراية بكل شيء، لكنه لا يعلم عن الحساب البنكي.. لقد وضعت لكِ مبلغاً كبيراً جداً في هذا الحساب؛ حتى تعيشي حياة رغيدة وهانئة.

آمل أن تسامحيني يا ابنتي على كل شيء.."

كانت دموع (سعاد) تجود بما فيها طيلة قراءة المحامي للوصية، ثم أنهى المحامي القراءة، وقد أدى ما عليه من أمانة، ثم استأذنهم للمغادرة، فخرج معه (محمد) شاكراً جهده، ومودعاً له.

دخل (محمد) البيت، فوجد زوجته جالسة تنتظره لتخبره بأمرٍ مهم؛ وهو أنها تريده أن يذهب معها صباحاً إلى المحكمة، حاول أن يعرف منها لماذا؛ لكنها لم تخبره عن السبب، قالت له أنه سيعرف كل شيء في المحكمة.

ذهبا إلى النوم؛ لكن (محمد) بقي مستيقظاً يُفكر بما تخطط له (سعاد)، وما الذي ستفعله في المحكمة.

في الصباح..

استيقظ (محمد) ولم يجد زوجته بجانبه على الفراش، غسل وجهه ثم نزل للأسفل، وجد الطاولة وقد امتلأت بأصناف كثيرة من طعام الإفطار..

ذكَّره هذا الفطور الفاخر بصباح زواجهما، فالوجبات كانت نفسها، وهِمّة زوجته تجاهه، هي تلك الهِمّة التي عهدها منذ أول يوم لهما في حياتهما الزوجية.

بعد الإفطار، طلبت (سعاد) من زوجها (محمد) أن يتصل بالمحامي (إبراهيم)، ويطلب منه أن يتوجه إلى المحكمة، و(محمد) مازال مندهشاً مما تفعل، لكنه لبّى طلبها.

ذهبا إلى المحكمة فوجدا المحامي (إبراهيم) ينتظرهما هناك.

- ماذا هناك يا سيدة (سعاد)، هل هناك خطبٌ في الوصية؟
- لا، ولكن أريدك شاهداً على ما سأفعله.. احجز لي موعداً عند القاضي.
- حسناً يا سيدتي، سأفعل.

طلب المحامي موعداً للقاء القاضي، فأعطي موعداً بعد ساعة، وبعد أن انقضت؛ دخلوا جميعهم إليه. قرأ القاضي اسم (سعاد)، وأشارت أنها هي صاحبة الاسم، فبادرها بسؤاله عمّا تريده، فأخرجت جميع الأوراق التي تركها لها والدها، من صكوك وحساب بنكي، وطلبت من القاضي أن يكتبها جميعها باسم زوجها (محمد)؛ حتى يوسّع تجارته وتصبح عالمية. تفاجأ (محمد)، وحاول التأكد منها إن كانت تعي ما تفعله ومتأكدة

منه، وهو نفس السؤال الذي كرَّره القاضي والمحامي الذي شهد عليها.. قالت : "نعم، متأكدة"...

(محمد) كان مصدوماً مما يسمع ويرى، ماذا يقول؟ ماذا يفعل؟ كان عاجزاً تماماً، لا يفعل شيء، كالأبكم لم ينطق بحرف واحد.

أخرج القاضي عدة أوراق، وطلب بطاقة (محمد) الشخصية؛ حتى ينقل كل شيء من اسم زوجته إلى اسمه، ويعطيه توكيلاً حتى يحوّل جميع الأموال التي في البنك لاسمه.

تمَّ كلّ شيء، فرحت (سعاد) جداً، وزوجها كان مندهشاً من حجم ثقتها به.

في المنزل، كانت (سعاد) ترقُص فرحاً بما فعلت، وكان زوجها يضحك لما يراه من فرط سعادتها.

- اهدئي حتى أخبرك ماذا سأفعل بالمال الذي أعطيتني إياه.

- حبيبي وقرة عيني (محمد)، أنت حر بما ستفعله بهذا المال، فهو الآن لك وملكك.

- سأشتري أرضاً في الهند، وسأبني عليها مصنعاً للأقمشة، بدل عقدي للصفقات مع التجار الهنود، ومن هناك يكون التصنيع والإنتاج والتوريد، إلى شركاتنا في الخليج.

- افعل ما تريد يا زوجي الحبيب، واجعل من اسمك علماً معروفاً في جميع الدول.

وما هي إلا فترة قصيرة حتى سافر إلى الهند، واشترى هناك قطعة أرضٍ كبيرة، وانتهى من الإجراءات المتعلقة ببناء المصنع وبدأ العمل.

بقيت (سعاد) في البيت ولم تسافر معه؛ لأنها كانت تشعر بتوعك..

ذهبت إلى المستشفى وأجرت بعض التحاليل، ليتبين أنها حامل...! فرحت للأمر، ذهبت إلى المنزل تنتظر عودة زوجها من الهند بفارغ الصبر؛ حتى تخبره بالأمر وتشاركه فرحتها.

عاد (محمد) إلى الكويت وقد أنهى إجراءات بناء المصنع في الهند.

في طريقه إلى البيت، أراد شراء ورد لزوجته؛ لكنه وجد المحل الذي اعتاد الشراء منه مغلقاً، فذهب للبحث عن محل آخر، لكنه تأخر على زوجته؛ فترك شراء الورد واشترى لها عطراً زكي الرائحة.

دخل المنزل فوجد على أرضيته وروداً متناثرة في جميع أرجائها، ترحيباً بقدومه بالسلامة، صعد الدرجات وإذا بها مُنارة جميعها بالشموع ذات الرائحة الفواحة، والتي اصطفت على شكل خط يقوده إلى مكان تواجد (سعاد) في غرفة نومها.

دخل غرفة النوم؛ ليرى قلباً بورود على الفراش، ومكتوبٌ بداخل القلب "مبروك".. تفاجأ (محمد) بزوجته التي التفَّت من خلفه وأغمضت عينيه بيديها، قالت له ممازحة تضحك:

- من أنا؟

- أنتِ حبيبتي وروحي وقلبي (سعاد).. ما قصة كلمة "مبروك" التي داخل القلب؟

- اِحزر.. ماذا يقول لك قلبك؟

حاول أن يتوقع؛ فلاحظ أنها كانت تكلمه وهي واضعة يدها على بطنها.. توقع شيئاً..

- هل.. حامـ.. ل؟!

قاطعت كلمته فوراً..

- نعم يا عزيزي، بعد عدة أشهر سوف يأتي من يؤنسنا في هذا المنزل الكبير.

فرح ورفع زوجته وبدأ بالدوران بها، وهي تضحك حتى ملأت ضحكاتها الأجواء...

الحرب العراقية الكويتية

تدور الأيام وتمضي الشهور، ويكبر بطن (سعاد)، وهي تترقب هذا المولود بفارغ الصبر.. كانت تكلمه في بطنها، فتارة تحكي له عن حنان والده (محمد)، وتارة تحكي له قصصاً مسلّية..

دون سابق إنذار؛ تشن القوات العراقية الحرب على دولة الكويت، الدولة الآمنة الوادعة، التي ساندت العراق في حربه ضد إيران.

شنت القوات العراقية الحرب في شهر أغسطس 1990 للميلاد، واستولت على دولة الكويت بالكامل في اليوم الرابع من الشهر نفسه..

عاثت تلك القوات فساداً في الكويت، من نهب وسرقة للممتلكات، واغتصاب لحرمتها الشرعية ولشعبها...

بعد أن دخلت القوات الغازية للكويت، بدأت بدخول كل منزل؛ تنهب ما تستطيع نهبه وتُرسله إلى العراق. فجّر الجنود العراقيون آبار النفط وحرقوها.. وعاثوا فساداً في كل مكان كانوا يذهبون إليه، وآلوه إلى خراب.

في تلك الأثناء؛ حَوَّل (محمد) جميع ممتلكاته المنقولة إلى دولة الإمارات، لكنه بقي في الكويت مع زوجته ولم يخرج منها.

كانت القوات العراقية تسبر جميع الأحياء والمناطق الكويتية، ليروا (الفيلا) التي بجانبها سيارتان لم تتحركا منها، مما أثار شكوكهم بأن أهل هذه (الفيلا) مازالوا يقطنونها.

توقفت القوات، ونزل الجنود واحداً تلو الآخر، وعلى الفور كسروا باب (الفيلا) ومرر أحد الجنود يده ليفتح الباب من الزجاج المكسور، دخلوا وعلى الفور بدؤوا بإخراج المقتنيات القيّمة.

نزل (محمد) ليرى المنظر، جنود العدو في منزله...! فزع من الأمر وبدأ بالصراخ: "اخرجوا من منزلي اخرجوا"، وعلى الفور أحاط به ثلاثة من الجنود، وأتى آخر وضربه على رأسه فأغمي عليه.

سمعت (سعاد) صُراخ زوجها، نزلت للدور السفلي، فرأته مرمياً على الأرض مُغمىً عليه...! بدأت بالصراخ على الجنود: "اتركوا زوجي وابتعدوا عنه"، ذُهِل الجنود من لهجة هذه المرأة وهي تصرخ؛ فلقد كانت لهجتها عراقية، أمسكوها وسألوها "هل أنتِ عراقية؟ ماذا تفعلين هنا؟"

أخبرتهم أنها هنا منذ الحرب الإيرانية العراقية، وقد تزوجت هذا الرجل، وأشارت إلى زوجها الملقى على الأرض. ذهب أحد الجنود إلى سيارة الدورية التي كان بها أحد جنرالات الحرب وأخبره بالأمر، نزل الجنرال من السيارة ودخل (الفيلا).. قال للجنود: "أين المرأة العراقية"، أمسكوها وقالوا: "هذه هي

يا سيدي"، فبدأت (سعاد) تنده باسم زوجها: "(محمد) أنقذني يا (محمد)"...

أمر الجنرال بأن هذه المرأة لا بد أن ترجع للبلاد؛ كونها عراقية، وأن لا تعيش هنا أبداً، قالت له بأنها لا تستطيع الذهاب إلى العراق إطلاقاً، فليس لها هناك أحد، أخرسها الجنرال بعد أن صفعها على وجهها وأغمي عليها، ثم أمر أن يُربط زوجها خشية أن يستفيق ويلحقهم؛ فربطه الجنود وأوثقوا رِباطه بقوة.

في اليوم التالي، استفاق (محمد) متألماً، بدأ ينادي زوجته (سعاد) لتأتي وتساعده في فك وثاقه، لم يستطع الالتفات يميناً أو يساراً.. فقط لاحظ من الأمام أن أثاث منزله قد نُهب من قِبل الجنود، راح يصرخ بقوة: (سعاد).. (سعاد).. هل أنتِ بخير؟!".. بدأ بالنزاع حتى فكَّ وثاقه، صعد إلى الدور العلوي كالمجنون، كل عدة درجات بقفزة واحدة، نبضه المتسارع أدى به إلى اللهاث، حتى وصل إلى غرفة النوم، فتح الغرفة فلم يرها، صرخ بقوة: "لاا..."

خرج إلى الخارج، صار يدور حول نفسه ويسأل: (أين أذهب، أين هي (سعاد)، بين هؤلاء الوحوش؟!).. سمع طلقات رصاص تتخطف من اتجاهه، خاف بشدة.. دخل لمنزله ليحمي نفسه من شياطين الإنس. نزل إلى القبو وهو خائف يرتجف؛ من سماع صوت دوي طلقات الرصاص التي مرّت بجانبه، يسمع أصواتاً ويصرخ: (من هنا؟ ألا يكفي ما سرقتموه؟ ألا يكفي أنكم أخذتم زوجتي) ودموعه تنهمر، وفجأة، تضاء الشموع وحدها، وبدأ يسمع بعض الأصوات بجانبه في القبو؛ هم الخدم، لم

يهربوا من المنزل فقد لجؤوا للقبو هرباً من ويلات الحرب.

ارتاح (محمد) قليلاً بعد أن عرف أن هناك من بقي في منزله من الخدم.

في الصباح

خرج (محمد) إلى الشارع حتى يعرف أي خبر عن زوجته (سعاد)، يسأل الجنود العراقيين عنها فلا أحد يرد عليه إطلاقاً، وإذا ردوا عليه ردوا بالزَّجر والنَّهر، وبعض الأحيان بالضرب.

يسائل (محمد) نفسه: (ماهي أخبار (سعاد)، ماهي أخبار حملها، هل فقدته؟ أم أنها ماتت من بطش الجنود العراقيين؟!)، ذهب إلى عدة أماكن، من مشفى إلى آخر يسأل عن امرأة حامل واسمها (سعاد)، فلم يعطهِ أحد جواباً لكثرة المصابين والقتلى في المستشفى. جنَّ جنون (محمد)، شعر أن يوم القيامة قد حلَّ عليه، وأن لا ملتجأ له إلا نفسه، فلا ناصر له ولا معين، وحيدٌ تخلو هذه الدنيا من قريبٍ له أو صديق...!

بعد عدة شهور انتهت الحرب؛ بانسحاب القوات العراقية بعد أن هجمت عليها قوات التحالف، هرب كل جندي عراقي من الكويت بعد أن سرقوا وقتلوا الكثير من الأبرياء.

ولادة (سحر) في قرية من قرى مدينة البصرة

قبل خروج القوات العراقية من الكويت مخذولة من الهزيمة من قوات التحالف، قامت بتخريب ما لم تكن قد خربته في البداية، فخلَّفت الكثير من الدمار، من تدمير آبار النفط، وتدمير ممتلكات الدولة وسرقة ثرواتها من البنك المركزي...

خرجت القوات العراقية وحملت معها الكثير من الأسرى الكويتيين، ومثلهم من الجرحى، ووضعتهم في عربات النقل إلى العراق..

كانت (سعاد) ممن أُسروا، وكانت ماتزال حاملاً، لكنها عانت من شدة الضرب من قبل القوات العراقية، التي حققت معها عن سبب تواجدها في الكويت بطريقة وحشية، فقاموا بقص شعرها الطويل وخلع أظافرها حتى سالت الدماء من جميع أصابع يديها ورجليها، لقد نكّلوا بها أشد تنكيل، رغم أنها قالت لهم الحقيقة، قالت لهم أنها تعيش في الكويت منذ الحرب العراقية الإيرانية، وأن العائلة الكويتية قد استضافتهم في منزلهم...

بعد التحقيقات، وُضِعت في عربة النقل مع الأسرى، وكلُّ جَسَدِها يعاني من التنكيل والضرب.

دخلت العربات المحمّلة بالأسرى الكويتيين إلى العراق، وتوقفت في منطقة في الجنوب، مع مجموعة من دبابات النظام العراقي، نزلَ ضابطٌ برتبة عسكرية عالية، وأمر الجنود بقتل جميع الأسرى الكويتيين، ودفنهم في مقابر جماعية.. تبدأ المذبحة...

جاء دور (سعاد)، كانت تستغيث بهم وتتحدث معهم باللهجة العراقية، قالت إنها عراقية ومن عائلة في البصرة، صرخ الضابط على الجنود أن يحضروها.. استغاثت به، نزلت عند قدميه وقبلتهما حتى يتركوها بسلام، رفع رأسها بقوة للأعلى:

- سنتركك فقط لأنك عراقية، ولكن لن يكون لكِ رجوع للكويت مرةً أخرى.

- أُقسمُ لكَ أنني لن أعود إطلاقاً للكويت يا سيدي الضابط.

- هيّا.. أوصلوها إلى أقرب قرية في جنوب العراق.

كان هذا ما أمر به الضابط جنوده، ففعلوا كما أمرهم، ورموها عند أول قرية صادفت طريقهم.

دخلت إلى منزل تسكنه عائلة، قامت هذه العائلة بمداواتها وعلاج جروحها والاعتناء بحملها؛ الذي كانت تحميه جاهدة من ضرب الجنود العراقيين لها.

بعد أيام...

تماثلت (سعاد) للشفاء، شُفيت جروحها وبقي الأثر، أثر الألم، أثر فِراقها عن زوجها..

أخبرت (سعاد) العائلة أن حملها بالحلال، وأن زوجها اسمه (محمد بن سالم)، من الكويت ويعيش في مدينة الكويت العاصمة. أعطت كل المعلومات للعائلة من صحة حملها وكونها شريفة.

بدأت (سعاد) بالعمل عند العائلة كخادمة في النهار، وفي الليل تذهب لمساعدة من يحتاج للمساعدة.

في منتصف الليل من أول أيام شهر رمضان؛ تستفيق على ألمٍ شديدٍ جداً.. ألم المخاض...! بدأت بالصراخ تستغيث بمن حولها بأن ينقذوها، جاءت الأم وابنتها ودخلتا معها الغرفة، أخبرت الأم الأب أن يغلي الماء، وأنّ (سعاد) سوف تنجب هذه الليلة مولودها. يُسمع صوت الأذان لصلاة الفجر، ومع كلمة حي على الصلاة يخرج الجنين، لقد وضعت حملها أخيراً.

فتاةٌ جميلةٌ بيضاء، قالت (سعاد) إنها تريد أن تطلق عليها اسم (سَحَر)، كانت تتكلم بهذا والألم يعتصرها وتبكي، أخبرت الأم – سيدة المنزل – أنها تريد أن تحملها، ولكن مع رفع يديها لتحمل البنت، هوتا بقوة على السرير، معلنتان عن موت (سعاد)، وكأن روحها انتقلت منها لابنتها (سحر). بدأت الأم بالصراخ والبكاء على (سعاد) وابنتها تهدئها.

قام الأب بترتيب أمور دفن (سعاد) والصلاة عليها، والأم استدعت

مرضعة لإرضاع الوليدة، فتبرعت كثيرات من نساء القرية لإرضاع الفتاة، متعاطفات مع قصة أمها المأساوية.

بدأت السيدة الطيبة صاحبة البيت الذي كانت تقطن فيه (سعاد) بكتابة عنوان والد الطفلة (سحر) وجنسيتها؛ حتى إذا كبُرت تبحث عن أبيها (محمد)، ودوّنت أيضاً ما جرى لأمها، وأن موتها كان أثناء ولادتها...

بدأت (سحر) تكبر بشكل سريع وبصحة متكاملة، ولكن تبدأ المعاناة في القرية؛ بعد أن فرضت الأمم المتحدة العقوبات الاقتصادية على العراق؛ فحلَّ الجوع على معظم قرى العراق. بدأت الأم والأب بالعمل لتحصيل الغذاء اللازم لأبنائهما.. كانت تمر كثير من الأيام لا يتعشون فيها سوى الماء والطحين، ويؤخِّر الأب الغداء ليصبح عشاءً حتى يأكلوا ويوفِّروا وجباتهم ليوم آخر؛ خشية عدم وجود عمل يوفِّر لهم طعام اليوم التالي.. تمرُّ السنين وتكبر (سحر) ليظهر جمالها الخلّاب.

تحرير الزواج

فبراير 1991 م..

أعلنت قوات التحالف عن تحرير الكويت من أيدي القوات العراقية ودحر آخر جندي منها.

عمّت الأفراح والمسرّات في يوم سيتذكره الكويتيون إلى الأبد. كان (محمد بن سالم) سعيداً لرجوع بلاده وتخلصها من بطش دولة جارة، وفي نفس الوقت؛ حزيناً جداً لما جرى له ولزوجته. ذهب إلى مؤسسة الشهداء والأسرى الكويتيين وسجّل اسم زوجته (سعاد)، وأخبرهم عن المولود الذي لم يعرف جنسه ذكر أم أنثى..!

بعد سنة..

عاد (محمد) إلى روتين عمله، يعود يومياً إلى منزله، يتخيل أنه سيجد (سعاد) تنتظره في البيت، يجوب أركانه.. يذهب جهة المطبخ فتتراءى له وهي تطبخ، ليعود ويصحى من خيالات اليقظة، أحسَّ أنه سيُجن إن لم يبع البيت ويتخلص منه، ومما فيه من ذكريات، فأعلن عن بيعه، وعلى الفور اشترى منزلاً آخر..

لم يرد أن يعيش في المنزل الجديد لوحده؛ فقرر أن يتزوج ليكون له ولد يرثه؛ ولأن أخبار (سعاد) مازالت منقطعة نهائياً.

كان (محمد) قد قابل فتاة في إحدى سفرياته تدعى (ليلى). كانت فتاة صغيرة في السن، تصغره بخمس عشرة سنة، أُعجب بشيء من شخصيتها، فقرر أن يطلب يدها للزواج، بعد أن عرف مكان إقامتها في الكويت، واسم والدها الذي يدعى (جاسم)

قرر (محمد) أن يكون الخميس من شهر مارس 1991 للميلاد، يوم خطبته وزواجه من (ليلى).. وافق والد الفتاة على تزويجه إياها، وتمت الأمور بشكل سريع.

لم يخبر (محمد) زوجته الجديدة (ليلى) أنه كان متزوجاً، وأن زوجته خطفتها القوات العراقية أبداً، ولم يلمّح لها بهذا..

سافر (محمد) مع (ليلى) شهر عسل؛ يقضيا فيه وقتاً من الراحة والفرح.

تجري الأيام وكأنها ثوانٍ.. تحمل (ليلى)، ويسعد (محمد) بهذا الحمل، وذهب عنه خوفه بأن لا يكون له ولد يرث كل هذه الأموال والشركات.

يكبر بطن (ليلى) ليعطي دلالات على أن الحمل ليس طبيعياً، شعرت بوخزات كثيرة قبل أوان ولادتها، ناشدت زوجها أن يأخذها للمستشفى، وعلى الفور انطلقا..

ساعة من الزمن.. تخرج الطبيبة لتعلن أنّ (ليلى) حاملٌ بتوأم ذكور! فرح (محمد) بهذا الخبر بعد الصبر العظيم والفراق.. وظّف في المنزل عدداً كبيراً من الخدم؛ حتى ترتاح زوجته ولا تلمس شيئاً أبداً...

تمضي الشهور ويكبر بطنها أكثر وأكثر، وفي الشهر السابع يزداد عليها الألم، يخاف زوجها (محمد) عليها وعلى من في بطنها؛ فيبقيها في مشفى خاص مع عناية فائقة من الممرضات هناك.

أخبره الطبيب أن زوجته بخير؛ لكن هذه أعراض الطلق والولادة، فضلاً عن أنها حامل بتوأم، عدا ذلك فهي بخير، وجميع مؤشراتها الحيوية صحيحة، من ضغط ونبض وغيره... وأخبره أن في المستشفى ممرضات متمرسات جداً على مثل هذه الحالات.

ارتاح (محمد) بعد أن سمع من الطبيب هذا الكلام.. دخل على زوجته (ليلى) وطمأنها أن الطبيب وجدها بخير وصحة هي ومن في بطنها.

خرج من المستشفى متوجهاً إلى شركته؛ ليطمئن على أوضاع العمل هناك.

عند الساعة الثالثة عصراً..

يرن هاتف (محمد)، وإذ بها المستشفى، اتصلوا به يريدون حضوره على الفور، ليوقّع على أوراق الولادة، لأن زوجته بدأت تضع حملها.

ومن فوره توجَّه (محمد) بسرعة إلى المستشفى، وذهب للاستعلامات حتى يوقّع على الأوراق بسرعة ويسجِّل بياناته، ليذهب إلى غرفة العناية.. ينتظر عند الباب، ويسمع صوت الأجهزة، فيحترق قلبه مع كل نبضة من نبضات تلك الصقّارة

التي يصدرها جهازٌ ما في الداخل، لا يعرف ما هو، لكنه يعرف أن صوت صفارته يشير إلى أن أحب الناس إليه راقدةً على سرير في غرفة العناية المشددة...! يخيط الممر أمام غرفة العناية بخطواته جيئة وذهاباً، يداه تصفقان اضطراباً، ولسانه يلهج بذكر الله والدعاء له، أن يسلّم (ليلى) ومن في بطنها.

بعد حوالي ثلاث ساعات من الانتظار، خرج الطبيب والتعب قد أنهكه؛ ليخبره أن زوجته أنجبت له ولدين، وهما بصحة تامة، وأن زوجته بخير أيضاً، لكنها تحتاج للدم لتعويض ما فقدته أثناء العملية..

على الفور ذهب إلى مركز التبرع ليتبرع لها من دمه، جاءت الممرضة لترى إن كانت زمرة دمه تتوافق مع زمرة دمها، ولحسن الحظ كانت زمرة دمه مطابقة لزمرة دم زوجته، فسحبوا منه الدم على الفور، وسعى به الطبيب إلى غرفة العمليات ليعلقه لـ (ليلى).

ينادي الطبيب (محمد) ويخبره أن هناك أمراً لا بد أن يطّلع عليه، مما استدعى القلق داخل (محمد)، فبادر بسؤاله بلهفة:

- أخبرني يا حضرة الطبيب أرجوك، ما الخطب، هل زوجتي وأطفالي بخير.

- لا تقلق يا سيد (محمد) زوجتك بخير وستفيق بعد قليل، وأطفالك ولله الحمد بكامل صحتهم، لكن..

- لكن ماذا...؟! قل يا سيدي لقد انهارت أعصابي.

- زوجتك بعد هذه العملية لن تستطيع أن تنجب مرةً أخرى على الإطلاق، رحمها كان ضعيفاً جداً، وحملها هذا زاد من

ضعفه، مما يرفع نسبة الخطورة على حياتها في حال حملت مرة أخرى، فقد يحدث لها انفجار في جدران الرحم، وهذا ما قد يودي بحياتها.

حمد ربّه وأثنى عليه على ما أعطاه من خير، وعلى ما ابتلاه من مصائب، ليختبر صبره وشكره، وهو صابر إن شاء الله.

طلب رؤية طفليه، لكنهما كانا في الحضانة، فهذا أمر طبيعي، لولادتهما في الشهر السابع، ولكونهما توأمان فأحجامهما ماتزال صغيرة نوعاً ما، ويحتاجان إلى بعضٍ من العناية الخاصة، والانتباه إلى تنفسهما.

وملاحظتهما بين الفترة والأخرى..

استفسر (محمد) عن حالتهما، فقال له الطبيب أن هذا الأمر طبيعي في حالتهما؛ لانهما كانا يتغذيان من مشيمة واحدة، وتغذيتهما لم تكن متساوية، وأخبره بألا يقلق، وأن هذا إجراء روتيني للأطفال الخُدج وحديثي الولادة.

أراد الدخول على زوجته حتى يطمئنها عن الأطفال وعن صحتيهما، لكنه رآها قد أُنهكت من هذه الولادة، وقد خدرت في نوم عميق..

ذهب للمنزل ليرتاح وسيرجع في اليوم التالي.. دخل إلى غرفته، وعلى الفور وضع رأسه على الوسادة دون أن يخلع ملابسه، فقد أُجهد من عمله ومن الفترة الطويلة التي انتظرها حتى يطمئنَّ على زوجته.

جلس في اليوم التالي، طُرق باب غرفته، وإذ بها الخادمة تخبره أن الإفطار جاهز..

نزل وأفطر ثم ذهب إلى المستشفى، بعد أن اتصل على نائبه في الشركة وكلّفه بمسؤولية رعايتها في غيابه.

وصل إلى المستشفى، دخل إلى غرفة زوجته لكنه لم يجدها، فزع لوهلة، وسارع إلى الطبيب ليسأل عنها، فأخبره بأن يهدأ ولا يقلق؛ فزوجته قد أفاقت وهي بخير في غرفة أخرى، ومعها الممرضات اللواتي يقدمن لها العناية اللازمة لراحتها.

توجّه فوراً إلى غرفتها الجديدة.. دخل عليها مبتسماً متهللاً، يحمد الله على سلامتها، ويبارك لها على إنجابها ولدين جميلين، وأخبرها أنهما بخير، لكنهما يحتاجان للمكوث بضعة أيام في الحاضنة؛ لتستقر حالتهما.

جاء والدها (جاسم) فرحاً، ترافقه أخواتها اللواتي ملأن المستشفى بالزغاريد...

حضن (جاسم) صهره (محمد) بقوة وبارك له، ثم جلسا وكل منهما قد غمرت وجهه البهجة وعلامات الفرحة. بادر والد (ليلى) بسؤال (محمد):

- ماذا ستسمي الطفلين يا (محمد)؟

- سيكون الأول اسمه (سالم) على اسم والدي رحمه الله، أمّا الثاني فتسميته ستكون من نصيب (ليلى)؛ لتختار له الاسم الذي يعجبها.

نظر (جاسم) لابنته بشوقٍ؛ يريدها أن تسمي مولودها الثاني على اسمه، ففهمت (ليلى) ما يتمناه والدها، فقالت لزوجها، سأسمي الثاني (جاسم) على اسم والدي.

فرح والدها كثيراً وانفرجت أساريره، وأخرج من جيبه مظروفاً فيه مبلغ من المال، هدية لابنته بهذه الولادة.

بعد أسبوع، خرجت (ليلى) حزينة من المستشفى دون ولديها، ليتلقيا العناية هناك. ذهبت إلى منزل والدها؛ لتعتني بها أمها هناك، حتى تتقوى وتتغذى بشكل دائم.

عند دخولها لمنزل والدها؛ تفاجأت بأن أمها وأخواتها قد أقمن لها حفلة، فرحاً وابتهاجاً بخروجها من المستشفى سالمة. تبسمت قليلاً، وأخبرتهم أن ما كان هناك من داع لأن يكلِّفوا أنفسهم. جلست معهم قليلاً، ثم دخلت لغرفتها حتى تستريح، ولأن (محمد) سيأتي في الصباح ليأخذها إلى المستشفى حتى تزور طفليها وتطمئن عليهما.

ظلّت على هذه الحالة لمدة أسبوع؛ يأتيها صباحاً ويأخذها إلى المستشفى لتطمئن على ابنيها، ثم يرجعها إلى منزل والدها.

وفي إحدى المرات، وقد حان موعد مجيء زوجها (محمد)، فوقفت بباب بيت والدها، تنتظر مجيء (محمد)، وطال انتظارها ووقوفها، كانت تجلس قليلاً على الكنبات التي خلف الباب، لتقوم مرة أخرى وتقف بالباب لعلّ (محمد) يأتي، لكنه تأخر على غير عادته، فدبّ الخوف عليه في قلبها، وزاد توترها، أخبرت والدها بأن يتصل على زوجها.

اتصل الوالد؛ فردت الخادمة وأخبرته أن (محمد) قد خرج منذ ثلاث ساعات...!

اشتد قلقها أكثر، خافت من أن يكون قد حصل له أي مكروه أو لأبنائها، لهذا قد تأخر!

ضُرب جرس الباب، ذهبت أختها الصغرى لتفتح، فرجعت لأبيها وقالت له أن (محمد) عند الباب ومعه سلّتان.. فهرع هو و(ليلى) على الفور ليرياه؛ فوجدا أنه قد أخرج الطفلين، وأراد أن يفاجئهما بهذا!

صاحت (ليلى) باكية من القلق، فتلقفها (محمد) بعناق حار ليخفف عنها، وأخبرها بأن الطبيب قد اتصل به ليخبره أن حالتهما قد أصبحت جيدة وأعطاه الإذن بخروجهما... فرحت (ليلى) بما سمعت، وسُرَّت جداً أن صحة الطفلين جيدة.

وفي العراق..

تكبر (سحر) على جوعٍ تامٍ بعد العقوبات التي نالت العراق، بفعل الحرب والعدوان على الكويت.

لم تكن تحصل على الحليب الكافي، وفي مرحلة حبوها، لم تكن كباقي الأطفال تلعب باللُعب وغيرها، بل كانت تعاني الجوع والتعب، ولولا وجود مرضعة في نفس المدينة لفارقت الحياة بسب الجوع.

كان أفراد العائلة التي ترعى (سحر) ينادونها بـ (سحر محمد)؛ حتى تحفظ هذا الاسم إذا كبُرت.

الآن أصبح عُمر (سحر) ست سنوات، وحان وقت دخولها للمدرسة، ولكن العائلة التي ترعاها لا تستطيع أن توفر لها حاجياتها، فذهب الحاج (صالح) – رب العائلة الراعية لها – إلى التجار طالباً منهم أن يرعوا (سحر) اليتيمة، فتكفل أحد التجار

القاطنين في نفس القرية بجميع مستلزماتها، من الابتدائية حتى تخرجها من الجامعة.

دخلت المدرسة الابتدائية بتحمس، مثبتة ذكاءها وتفوقها، شُجِّلت في المدرسة على أنها يتيمة الأب والأم، لم يعلم أحد أن والدها على قيد الحياة.

عند الانتهاء من المدرسة، كانت (سحر) تذهب مع الحاج (صالح)، تعمل معه في الرعي وتساعده لأنه كان ضريراً لا يرى أي شيء أبداً، وعند الانتهاء، تذهب للمنزل؛ لتجد الحاجة (هالة) – زوجة الحاج (صالح) ومربية (سحر) – موفرة لهم وجبة العشاء التي يجلس على أكلها أكثر من عشرة أشخاص، ما بين أبناء وبنات الحاج (صالح) و"كناينهم".

كان الحاج (صالح) فقيراً جداً، ولكنه كان يوفر كل شيء لعائلته ولـ (سحر)، ولا يبخل عليهم بشيء يستطيع تقديمه أبداً...

خوفٌ ووصية

تمر السنين، ويكبر طفلا (محمد) ويتخرجان من الثانوية بتفوقٍ تام، وكلٌ منهم يسابق الآخر للحصول على درجة التميّز على مستوى الدولة.

كان أبوهما يريد من أحدهما أن يسلك سلك التجارة، ويسير على ما سار عليه هو وأبوه وجده. يقال أن: "وراء كل رجل عظيم امرأة"، فكما يسيطر الأب بشخصيته على أبنائه، أيضاً هناك امرأة تسيطر بكلمتها على أولادها...

اجتمع الأب بأولاده (سالم) و(جاسم) وبدأ بمناقشتهما، من يريد منهما أن يكمل دراسته داخل الدولة وخارجها، وما هو التخصص الذي يريدانه. كان يعرض عليهما جميع الخيارات، وكله أمل أن يختار أحدهما كلية التجارة.. لم يختر أحد منهم تلك الكلية التي تمنّاها والدهما، فـ (سالم) اختار كلية الطب، تلبية لرغبة أمه (ليلى)، وقرر (جاسم) أن يكمل دراسته في الخارج، واختار تخصص الهندسة الكيميائية.

وافق الأب على مضضٍ من أمره، وكلُّه أمل أن يترك هذه الثروة لشخص يعلم ما يفعل، شخص يزيدها أكثر وأكثر.

بعد اجتماع (محمد) بولديه، واتخاذهما تخصصات يريدانها، لم يجبرهما على أن يختارا شيئاً لا يرغبان به ويرغب به هو، بل أعطاهما حرية الاختيار، فكان اختيارهما وفقاً لرغبة أمهما.

سافر (جاسم) على نفقة والده، لدراسة الهندسة الكيميائية، بينما دخل (سالم) إحدى الجامعات الكويتية، في تخصص الطب.

وفَّر (محمد) لولديه كل شيء، مادياً ومعنوياً.

في العراق..

كانت (سحر) قد وصلت إلى السنة الثانية في كلية التجارة والاقتصاد. كانت متلهفة جداً لتخرجها المبكر، فهي متفوقة ومتميّزة، وجميلة المظهر.

أرادت أن تدخل كلية التجارة؛ حتى تساعد العائلة التي ربَّتها منذُ الصغر.

قبل ذلك - 2003..

يأتي الربيع وتتساقط الدول والرؤساء والدكتاتوريات، التي تسلّطت على شعوبها وشعوب المنطقة. من كان يعتقد أنه مخلّدٌ على كرسي الرئاسة، أسقطه جبروته وتعنته وغروره.

سقط (صدام)، وأرجع بسقوطه الذكريات المنسية لذهن (محمد).

في عام السقوط، قرر (محمد) أن يفتح الملفات القديمة، ملفات فقد زوجته وجنينها، الذي لا يعرف ماذا حلَّ بهما، فقد مرَّ وقت طويل، كاد أن ينسى (محمد) ذلك العشق القديم الذي كان يكنّه لـ (سعاد).

ذهب إلى مؤسسة حديثة التأسيس، معنية بحقوق الأسرة الكويتية، وسجّل اسم زوجته السابقة (سعاد)، التي لم يخبر أحداً عنها، ولا حتى زوجته الثانية (ليلى).. كان على أمل أنها مازالت حيّة. سجّل كلَّ المعلومات التي تخصها؛ اسمها، عمرها، مكان ولادتها... حتى تبحث هذه المؤسسة عنها في المدينة التي ولدت فيها. وأخبر من في المؤسسة أنها كانت حامل في تلك السنة؛ لعلهم يبحثون عنها وعمّن كان في بطنها.

تمرُّ السنين وقلب (محمد) مازال يتفطر لمعرفة أي خبر عن زوجته (سعاد)، وعن طفله الذي كان في بطنها.. "هل هما أحياء أم لا؟" يُسائل نفسه.

ذهب إلى المنزل وهموم الدنيا قد بانت على وجهه.. رأته زوجته (ليلى).. دخلت معه الغرفة حتى تخفف عنه وتواسيه؛ فقد ظنّت أنه مجرد تعب سبّبه له العمل في الشركة.. اقترب منها.. أمسك يدها:

- عزيزتي (ليلى)، هناك أمر لم أخبرك به منذ سنين، وقد خبأته عن الجميع، ولم أخبر به أحداً...! خافت (ليلى) من الأمر وتعرّق جبينها..

- ما هو هذا الأمر؟ أخبرني بسرعة!

- قبل أن أتزوجك، وقبل الغزو العراقي على دولتنا، كنت متزوجاً من فتاة عراقية، وكانت حاملاً قبل أن يخطفها الجيش العراقي، ولا أعلم هل هي على قيد الحياة أم لا! وقد كنت قبل قليل في مؤسسة مهتمة بشؤون الأسرة الكويتية، وسجّلت اسمها ومن في بطنها؛ لأعرف هل هما على قيد الحياة أم لا...

حزنت ودمعت عيناها وبدأت بالصراخ:

- لماذا الآن.. لماذا الآن؟! كررتها أكثر من مرة.. لماذا لم تخبرني سابقاً، لمَ جعلتني أتخيّل أنني الوحيدة في حياتك، وأنه لم يكن لك سابقة؟

لم ينطق بكلمة، ولم يهدئها أبداً، تركها تبكي وتبكي، وخرج من الغرفة لتبقى وحدها، تنازع في أحزانها.

جلس في الصالة.. سمع صراخها وصوت ما تحطمه من مزهريّات وأشياء أخرى موجودة في الغرفة...

بعد مرور أكثر من ساعة، هدأت ونزلت لزوجها.. جلست بجانبه، توقّع أن تكون ردة فعلها أن تطلب الطلاق على الفور، لكنها جلست بجانبه؛ ثم أمسكت يده وأخبرته بما ستفعل، بعد أن هدأت من غضبها قالت:

- ماذا لو كانت على قيد الحياة؟ هل تعتقد أنها ستبقى وفية لك ولن تتزوج؟ توقف (محمد) عن الرد متفاجئاً ومنصدماً من السؤال.. لم يعرف بماذا يجيبها.

بعد ساعة من ذلك السؤال، وصمت رهيب حلَّ بينهما، كسرت (ليلى) حاجز الصمت:

- حسناً، يجب عليك أن تعطي أبناءنا حصصاً من الشركات، وتكتب لهم بعض الأملاك...!

غضب (محمد) من الأمر وثارت ثائرته:

- هل تريدون أن ترثوني وأنا على قيد الحياة؟! لم أعجز ولم أصب بمرض؛ وأنتِ تريدينني أن أورّثكم تعب السنين؟!

خرج من المنزل وذهب إلى صديقه وأخبره بما جرى مع زوجته (ليلى)، وعن نيته البحث عن زوجته (سعاد)، وأخبره عن الجنين الذي كانت تحمله...

بعد أن فرغ (محمد) من كلامه، أخبره صديقه بفكرة تمنَّى أن تنال إعجابه..

أخبره أن زوجته (ليلى) لديها الحق في توزيع وإعطاء الأبناء بعضاً من أملاكه، ولكن يجب أن يشرك في المحاصصة والورث زوجته (سعاد) وجنينها، ولا ينسى أن نصف هذه الثروة هي من الأراضي والأموال التي ورثتها (سعاد) من والدها.

سُرَّ (محمد) من الأمر، وخفف عنه صديقه ما كان يضِّيق صدره من همه، وعدم معرفته ما عليه أن يفعل.

في اليوم التالي، وفي الصباح، وعلى مائدة الإفطار، يستعجل (محمد) زوجته (ليلى)؛ ليخبرها أنه وافق على توزيع الأملاك على أبنائها.

فرحت (ليلى) بهذا الأمر..

- لا تفرحي كثيراً، لم أُنهِ كلامي بعد.. الأملاك سوف تقسّم على ثلاثة أشخاص فقط.

تفاجأت من أمر الشخص الثالث..

- ومن يكون الشخص الثالث؟

- الشخص الثالث هو صاحب نصف هذه الأملاك التي نعيش عليها...! استغربت (ليلى) من قوله هذا، وأن الأموال والأملاك نصفها لشخص ليس من أبنائها..

- ومن يكون هذا الشخص؟

- زوجتي (سعاد).. سوف أكتب نصف الأملاك باسمها، والنصف الآخر باسم (سالم) و(جاسم)...!

توقف فجأة ليرى؛ هل ستفرح للأمر أم تغضب لاحتساب زوجته الأولى (سعاد)؛ التي لا يعلم إن كانت على قيد الحياة أم لا!

صمتت قليلاً، ثم صعدت إلى غرفتها لتفكّر بطريقة تغيّر فيها رأي زوجها، ويكتب النصف الآخر من الأملاك باسمها.

نزلت له مجدداً لكنها لم تجده، اتصلت به فأخبرها أنهُ مشغول ويجب أن يذهب لعمل ما.

لم يخبرها ما هو العمل الذي سوف يذهب له، ولكن هواجسها بدأت تأكل قلبها (ماذا يعمل؟ هل سيذهب لعمله أم سيذهب لمؤسسة الأسرى حتى يسأل عن زوجته؟)

ذهب (محمد) إلى المحكمة ليوزّع الأملاك والأموال مثل ما قال له صديقه، ومنح نفسه وكالة عامة على حصة زوجته (سعاد)، أمّا أموال وأملاك (سالم) و(جاسم)؛ فسيكونان حرَّين في التصرف فيها.

دخل المحكمة وبدأ بعمل الإجراءات، وتحويل ممتلكاته لأبنائه وزوجته (سعاد). منح أبناءه وكالة عامة، وكتب وصية

فيها كل ما يلزم لحماية حقوق (سعاد) وأملاكها من جشع زوجته (ليلى).

"البحث جارٍ"

تمرُّ السنين، ويتخرج (جاسم) من كلية الهندسة الكيميائية بدرجة ممتاز، ويرجع إلى البلاد ليفرح أمه وأباه بهذا الإنجاز. كان (سالم) مايزال يدرس الطب في سنته الرابعة، ليتبقى له ثلاث سنوات.

بعد أن رجع (جاسم) للبلاد؛ قرر أن يتقدم للتوظيف في شركة النفط الكويتية؛ وتم قبوله فيها.

في العراق..

العائلة التي كانت تربّي (سحر) فرحت بتخرجها، التي بدأت بعده بالعمل في إحدى الشركات الأمريكية المتعاقدة مع العراق.

في إحدى الليالي، ناداها الحاج (صالح) ليتحدث معها عن ماضيها الذي أخبرته به أمها قبل أن تتوفى.

جلست بجانبه تنصت، وجلست معهما زوجته؛ حتى يعطياها كل التفاصيل.

أخبراها أن والدها ليس عراقي، وأن أمها (سعاد) خطفها الجيش العراقي من منزل زوجها والد (سحر) (محمد بن سالم) رغماً

عنها، بعد أن علموا أنها عراقية متزوجة من كويتي، وقد أعطت أمها الحاج وزوجته جميع الإثباتات على هذا الكلام قبل أن تتوفى. أخرجت زوجة الحاج (صالح) دبلة زواج ذهبية كانت لـ (سعاد)؛ والدتها، مكتوب في داخلها اسم والدها (محمد بن سالم).

أجهشت (سحر) بالبكاء، وذرفت دموعاً سخية وكأنها لم تبكِ قبل هذا أبداً...

بعد أن أنهوا حديثهم، وأخبروها بالتفاصيل عن والدها، قالت لهم أنها تريد الذهاب إلى قبر أمها، فأخذها الحاج (صالح) إليه.. بكت (سحر) فوق قبر أمها لساعات، حتى كادت أن تجف مقلها، وبعد أن أعياها البكاء هدأت، وذهبت إلى المنزل، وراحت تفكّر طيلة الليل وتتساءل ما الذي سوف تفعله، وماذا سيحصل لها عند العائلة...

في اليوم التالي..

بحثت (سحر) في الصحف والمجلات، تبحث عن شيء في بالها، وأخيراً وجدته في صفحة لأحد الصحف؛ المؤسسة الكويتية لشؤون الأسرى. سافرت (سحر) إلى فرع المؤسسة في (بغداد) على الفور..

وصلت بغداد متأخرة.. حجزت لها غرفة في فندقٍ حتى ترتاح، لكنها لم تنم في تلك الليلة، فقلبها مشتاق لمعرفة هل والدها يبحث عن أمها أم لا!

نامت متأخرة، واستيقظت فزعة تريد أن تذهب إلى المؤسسة بأسرع وقت.. اغتسلت ورتبت شعرها الطويل ولبست أفضل الملابس، ثم اتصلت بقسم استقبال الفندق؛ ليجلبوا لها سيارة أجرة.. نزلت إلى البهو وتوجهت إلى مكتب الاستقبال، فأخبرها العامل أن سيارة الأجرة بانتظارها خارج الفندق.. ركبت السيارة، وأخبرت السائق أن يتوجه إلى المؤسسة الكويتية للأسرى.. عرفها السائق المؤسسة، فأقلّها إليها.

دخلت الباب وهي ترتجف، وسألت عن المسؤول عن هذه المؤسسة، أخبرتها موظفة الاستقبال بأن تتوجه إلى الباب الثالث على الطرف الأيمن من الممر الذي يقابل مكتب الاستقبال.

طرقت الباب، فسمعت صوتاً من الداخل يأذن لها بالدخول، عرَّفت عن نفسها وأخبرته بقصتها وقصة والدتها التي خطفتها القوات العراقية وجلبتها للعراق رغماً عنها؛ بعد أن عرفوا أنها عراقية متزوجة من كويتي...

قال لها المسؤول: "أعطني اسم والدك كاملاً"، أخبرته أن اسمه (محمد بن سالم بن محمد)، تاجرٌ معروف للقماش.

بدأ المسؤول بالبحث عن الاسم، وعن اسم أمها في أكثر من ورقة، وفي الورقة الثالثة عشرة؛ وجد اسم والدها، وقد ذكر أنه جاء يبحث عن والدتها وعن الجنين الذي كانت تحمله في بطنها حينها.. فرحت (سحر)، فلم يخب أملها في والدها؛ الذي ظنَّت أنه قد نسيها ونسي والدتها. طلب المسؤول دليلاً على

صحة كلامها، وأن (محمد بن سالم) والدها فعلاً. أخبرته أنها لا تملك أي إثبات؛ لأن القوات العراقية لم تعطِ أي أسير أو شخص أطلقته أي بطاقات ثبوتية أو تعريفية عنه، فقد أحرقتها كلها.

صمتت (سحر) وتذكّرت دبلة زواج والدتها، فقد وضعتها في سلسلة في رقبتها، حتى إذا آوت إلى فراشها؛ قبّلتها، فهي التي كانت سبب تواجدها وحفظ حقوقها في هذه الدنيا.

على الفور أعطتها المسؤول ليقدمها إلى والدها؛ لتكون دليلاً لها على صحة كلامها.. طلب المسؤول منها أن تترك كل معلومة عنها؛ من رقم الهاتف، أو رقم المنزل، واسم منطقتها وقريتها، ومع مَن مِن العائلة تقطن؛ حتى يتم التواصل معها.

ذهبت للموظفة، وتركت كل معلومة عنها وعن أبيها وأمها.. خرجت من المؤسسة فرِحة؛ على أمل أن يتصلوا بها بشكل سريع.

رجعت للفندق حتى ترتاح قليلاً؛ قبل أن تعود لقريتها وإلى مزاولة عملها في الشركة الأمريكية العراقية. باتت تترقب اتصالاً من المسؤولين في المؤسسة الكويتية التي تُعنى بالأسرى.

المسؤول في الكويت

بعد شهر، رجع مسؤول المؤسسة الكويتية المعنية بالأسرى إلى الكويت، ورتَّب أوراقه وبدأ بالاتصال ببعض العائلات الكويتية؛ ليبلغ بعضهم أنه قد وجدت رفاة أبنائهم في الصحاري العراقية، وقد وجدت بعض ملابسهم، (جعلهم الله من الشهداء الأبرار). وصل المسؤول إلى اسم (محمد بن سالم)، اتصل به وأخبره بأن يأتي إلى مقر المؤسسة في الكويت العاصمة، لاطلاعه على بعض المستجدات التي ستحزنه وتسره في آنٍ واحد...! فتملَّك الخوف والأمل قلب (محمد)، فلعلّ هناك خبر عن زوجته (سعاد)؛ حتى يسرَّ قلبه.

وصل (محمد) إلى المؤسسة يتصبَّبُ عرقاً من التعب والقلق؛ لما سيسمعه من المسؤول في المؤسسة.

دخل المكتب وسأل عن المسؤول، اقتادته الموظفة إلى مكتبه..

- حياك الله، أهلاً وسهلاً سيد (محمد).. لو سمحتِ يا آنسة؛ قولي لهم أن يحضروا لنا فنجانين من القهوة.

- لا أرجوك، لا أريد شيئاً، الماء يكفي.. ثم ركّز عيونه في عيون المسؤول، تابع: اتصلت بي بخصوص موضوع قلت أنك تريد اطلاعي عليه؛ ماذا يجري؟ هل هناك خبر ما عن زوجتي (سعاد) أم ماذا؟ أخبرني قبل أن يتوقف قلبي.

- أرجوك أن تهدأ يا سيد (محمد).. هناك خبران؛ خبر محزن وآخر سيفرحك إن شاء الله.

- أعطني الخبر السيء يا أستاذ.

- حسناً؛ زوجتك (سعاد) قد ماتت.

حزن (محمد) بهذا الخبر السيء، بكى بكاءً مريراً على زوجته، إذ أنه ورغم مرور كل تلك السنوات، لم ينسها، تألّم جداً على حياتها التي ضاعت بين التهجير والغربة والبعد عن بلدها، ثم فقدها لوالدها، وبقائها مقطوعة من شجرة، كان هو فقط كل أهلها، لم تدم سعادتها إلا برهة، لتموت مرهقة متعبة، مخطوفة ومشردة، يا الله... كم كانت (سعاد) معذبة ومسكينة.. كانت تلك الكلمات تدور بسرعة الومض في خياله، ومع كل لقطة ومضية من معاناة (سعاد)، تسيل دموعه لتحرق وجنته وقلبه ألماً، على إنسانة لم يرَ منها إلا ما يسرّه ويُرضي خاطره..

قام مسؤول المؤسسة إليه، طبطب على يده، وقبّل رأسه، رجاه أن يهدأ ويوحد الله، وذكّره بأنه إنسان مؤمن، وله أن يصبر ويحتسب، فهذا أمر الله وقضاؤه، ثم ذكّره بأنه مايزال هناك خبر؛ ربما ينسيه حزنه وألمه.

- هات خبرك الثاني يا أستاذ، لعلّه شيء يجبر قليلاً من كسر هذا القلب.

- حسناً يا سيدي، انتظرني دقيقة واحدة، لأُخرج الظرف من الخزانة.

- فقط دقيقة؟ انتظرت ست وعشرين سنة لأسمع في النهاية ما لا يسرّني، أفلا أنتظر دقيقة لتزف لي خبرك المفرح؟!

تبسَّم المسؤول من الكلمات التي يتمتم بها (محمد).. ذهب باتجاه الخزانة وأخرج ظرفاً بنيّ اللّون، مختوماً بشمع المؤسسة حتى لا يفتحه أحد.. عاد ليجلس على كرسيه.. سحب سكيناً غريبة الشكل من بين الأقلام الموضوعة في علبة جلدية على الطاولة أمامه.. فتح الظرف بالسكِّين بهدوء وبطء شديدين، لم يدرِ (محمد) إن كان المسؤول هو البطيء المتبلّد؛ أم أن (محمد) قد فقد صبره واحترق ناراً لمعرفة ما في الظرف، فبات يرى كلَّ شيء بطيئاً...! فتح الظرف وأخرج منه سلسلة فيها خاتم زواج (سعاد) الذي اشتراه لها حينها.. وقف قلب (محمد) من هول المشهد....! عادت عيناه للجود بالدمع..

- من أين حصلت عليها...؟ من جاء بها؟ كيف وصلت إليك؟ (سعاد) صحيح؟ ليست (سعاد)؟ (سعاد) ماتت! كيف حصلت عليها، كييييف؟!

- اهدأ يا سيد (محمد) أرجوك، لا يجوز أن تفعل بنفسك هذا، اصبر! زوجتك توفت، ولكن هناك من جلب لنا في فرع المؤسسة في بغداد؛ بعض المعلومات عنك، وأعطائي هذا الدليل على أنه له صلة بك، وتربطه بك قرابة.

- من هو؟! أخبرني من هيّا؟! وهو يحضن الخاتم وعيناه تدمعان..

- فتاة تدعى (سحر)، تبلغ من العمر ست وعشرين سنة، وقد وُلِدَت في إحدى قرى البصرة جنوب العراق. ولدتها زوجتك (سعاد) بعد أن أطلق الجنود العراقيون سراحها. أخبرتنا ببعض المعلومات، وهي مكتوبة في ورقة.

أعطى السؤول الورقة لـ (محمد)، بدأ بقراءة الورقة وعيناه ماتزالان تدمعان.

- ما العمل يا حضرة المدير، كيف أجلب ابنتي لحضني، كيف أجلبها عندي.

- هذه الإجراءات أصبحت سهلة جداً، ولكن نريد أن نتأكد من أنها ابنتك بالفعل.

- كيف؟

- سوف نستخرج لها تأشيرة عمل في الكويت، وبعدها نعمل الإجراءات القانونية؛ من فحصٍ للحمض النووي الوراثي، لنرى إن كانت تتطابق مع حمضك أم لا، بعدها؛ إذا ثبت صدق الفتاة، سنحاول أن نعطيها الجنسية الكويتية.

- موافق يا سعادة المدير، موافق.

وقَّع (محمد) على بعض الأوراق والإجراءات؛ حتى ينهيها المدير المسؤول، ثم خرج من المؤسسة بعد أن ودَّعه، وشكره على عطائه في بذل الجهد؛ لِلَّمِّ شَمل (محمد) وابنته.

جلس في السيارة يقبِّل الدبلة مع السلسلة، يشتم رائحتها، ويعتذر من زوجته (سعاد) التي فقدها، ويعدها الآن وهي بين يدَي الباري، بأن لا يترك ابنته؛ سيلبِّي كل طلباتها، ويعوضها عن

كل ما حرمت منه في العراق. هدأ من نفسه ومسح دموعه، وعدل غطرته وعقاله، ومن ثم رجع إلى المنزل.

جاءت زوجته ومعها كوب ماء وجلست بجانبه..

- سأخبرك بأمر زوجتي (سعاد).

تغيّرت ملامح (ليلى) للغضب.. ظلّت صامتة و(محمد) يكمل:

- اتصلوا بي من مؤسسة الأسرى، وأخبروني أن (سعاد) قد توفيت أثناء رجوعها إلى العراق، وقد دفنت هناك.

تبسّمت (ليلى) ابتسامة صغيرة خفيّة؛ حتى لا يراها زوجها..

- عظّم الله أجرك.. قالتها لـ (محمد) بلسانها، وقلبها يقول أن قد ارتاحت من همّها.. بعد خمس دقائق من الهدوء:

- كانت حاملاً قبل أن تتوفى، وقد أنجبت فتاة، وعمًّا قريب سوف أراها؛ بعد أن تنتهي الإجراءات القانونية.

تغيّرت ملامح (ليلى) مرة أخرى؛ بعد أن سُرَّت بوفاة (سعاد)، حزنت لوجود شخصٍ من نسلها، يشاركها الورث مع أبنائها...! لم تتفوّه بكلمة.. قامت ثم ذهبت إلى غرفتها، والحزن مستتب بها، بعد أن سمعت ما سمعته من زوجها (محمد).

الرجوع إلى أرض الوطن

سافر المسؤول إلى العراق، وانتظم في مكتبه في مدينة (بغداد). ارتاح بضعة أيام، ثم فتح الملف الخاص بـ (سحر). اتصل بها.. ردت الحاجة التي ربتها، عرّفها عن نفسه، وأخبرها بالموضوع..

- إن (سحر) في العمل الآن يا بني.
- أريد أن آتي إلى قريتكم يا خالة، هلّا أعطيتني العنوان بالتفصيل.
- القرية يا بني في جنوب البصرة، واسمها "الكباسي"؛ على شطِّ العرب، على الطريق الدولي الذي يربط العراق بإيران.
- هذه التفاصيل ممتازة، وعمّا قريب سوف أكون عندكم.

بعد يومين..

سافر المسؤول من بغداد إلى البصرة، ومن البصرة توجّه إلى القرية. على طريق شط العرب، وجد لوحة قديمة جداً وعليها آثار طلق الرصاص؛ من الحروب التي طالت العراق.

لم يستطع أن يدخل بالسيارة؛ لأن المكان ليس معبّداً، وعليه السير على الأقدام إلى داخل القرية.

بدأ يسجّل كل شيء عن مكان سكن (سحر)، مستخدماً آلة التصوير، ليصور كل شيء في القرية. التقط صوراً للمنازل، وصوراً للحياة المعيشية التي يعيشها أهالي القرية.

أوقف المسؤول رجلاً كبيراً في السن؛ وسأل عن العائلة التي تسكن عندها (سحر)؛ فأشار له العجوز أن اِلحق بي، وأخبره أنه يعرف هذه العائلة، ويعرف كل شيء عنها. تبعه المسؤول، توقف العجوز عدة مرات لشراء حاجيات المنزل، وهو يستفسر عن سبب وجود هذا المسؤول في قريتهم.. أخبره بالقصة، وأن والدَ (سحر) ينتظرها بفارغ الصبر.

بكل خطوة من خطواته تزداد الحكايات والقصص بينهما، حتى وصلا إلى باب منزل (الحاج) الذي ربّى (سحر)، توقف المسؤول عند الباب، قال الرجل المُسن:

- لماذا توقفت؟ تفضل ادخل للمنزل.

تفاجأ المسؤول من الأمر، طوال الطريق كان العجوز يحدثه بصفته غريباً عن العائلة، ثم يظهر أنه هو الشخص الذي ربّى (سحر) وتعيش في بيته! بل كان العجوز يقاصصه ليعرف ماهي نيته...! "هذا الحاج ذكي جداً، ونبيه جداً".. قالها المسؤول مذهولاً.

دخل المنزل وهو متفاجئ من أسلوب (الحاج).. انتظر عودة (سحر) إلى المنزل، إذ أخبره الحاج أنها سوف تأتي من عملها

بعد ساعة. جلب له الشاي العراقي ليحتسي، وبعدها قدّم له الغداء، فأكل وشبع.

سمع المسؤول طرقات على باب المنزل.. ذهب الحاج ليفتح الباب، ليجد (سحر) وقد عادت من العمل منهكة. سلَّمت على الحاج وقبَّلت رأسه؛ فأخبرها بوجود ضيف عندهم.. ذهبت إلى الغرفة المتواجد فيها، لتكتشف أنه مسؤول المؤسسة الكويتية...! ذهب التَّعب الذي بان على وجهها أثناء دخولها للمنزل، وتحوّل تجهمها إلى فرح.. سلَّمت عليه وجلست بالقرب منه.. نادت للحاج ليجلس معهما ويسمع الأخبار.. قال لها الحاج أن المسؤول قد أخبره بكل شيء، ودعا لها بالتوفيق.

تبسَّمت من حديث الحاج، والتفتت إلى المسؤول بلهفة، تريد معرفة جميع التفاصيل منه. بدأ بإخبارها أن والدها فرح لوجودها على قيد الحياة، وحزن جداً لفقد أمها، وأن والدها متلهف لرؤيتها، ولأخذها لتعيش معه بقية حياته...

فرحت جداً بما سمعت وبدأت بالبكاء من شدة فرحها، أخبرته أنها تريد أن تراه، فماذا تفعل؟

قال المسؤول أنه جلب لها تأشيرة عمل داخل الكويت؛ حتى يسهل عليها الدخول والخروج بكل يسر وسهولة.. فرحت من الأمر ومن سهولة التدابير.. قالت له أنها ستستخرج جواز سفر فوراً؛ حتى تستطيع أن تسافر معه.. أعطاها مبلغاً من المال؛ حتى تنتهي من الجواز بسرعة.

قال له (الحاج) أن عليه أن يبقى بينهم لحين انتهاء (سحر) من الجواز، ومن ثم تذهب معه.. وافق المسؤول.

وفي الليل..

يجلس المسؤول بجانب العائلة، وعلى يمينه (سحر)؛ كانت تسأله عن والدها وهو يجيب..

- ماذا فعل حينما أخبرتَه عنِّي.

- لقد بكى فرحاً لوجود أحد من نسلِ زوجته (سعاد).

- أخبرني المزيد أرجوك.

- حينما أخرجتُ السلسال والدبلة؛ قام بخطفها من يدي وبدأ يقبّلها ويشم رائحتها ويبكي عليها. لقد قرر فوراً أن يخرج لك تأشيرة دخول للكويت.

بدأت بالبكاء، قامت الحاجّة وحضنتها حتى تخفف عنها.. هدأت وشربت الماء، ثم شكرت المسؤول عن الجهد الذي يقوم به من أجلها. قام الجميع للعشاء. وبعد أن انتهوا؛ قام المسؤول لينام مع الحاج في غرفته، بينما قامت (سحر) إلى غرفة الحاجّة، وارتمت في حضنها، وراحت تقبّل يديها امتناناً لما قدمته لها طيلة كل تلك السنوات.

في الصباح..

يستيقظ المسؤول مع الحاج ويذهبان للحقل. بينما غادرت (سحر) قبلهما باكراً لاستخراج جواز سفر لها من مكتب الجوازات.

في الحقل؛ بدأ الحاج بإخبار المسؤول القصص والحكايات عن (سحر)، وعن الأوقات التي قضتها في هذا الحقل عندما

كانت صغيرة. بدأ بالتصوير، وعند كلِّ مكان يتوقفان يصلانه، كان الحاج يذكر (سحر) وماذا كانت تفعل في هذا المكان وذاك، ليقوم المسؤول بتصوير كلِّ شيء، ويسجّل كل معلومة عن المكان، وذلك من أجل أن يطلع عليها والد (سحر).

عند الظهيرة..

رجعت (سحر) فرحة لانتهاء استصدار جوازها بسرعة. دخلت المنزل ولم تجد المسؤول، بحثت عنه في كل الأرجاء وكل غرفة.. صعدت للأعلى، نظرت يميناً وشمالاً من الشرفة المطلة على الشارع، لم ترَ سوى أبناء القرية.. نزلت من الأعلى لتجد الحاجَّة أمامها، قبّلت رأسها وسألتها عن المسؤول، قالت لها أنه ذهب مع الحاج إلى الحقل.. شعرت بارتياح كبير لبقائه، فقد ظنّت أنه قد سافر. انتظرت على أحر من الجمر؛ لحين قدوم الحاج والمسؤول للمنزل.

بعد ساعة..

عاد الحاج والمسؤول وضحكاتهم تتعالى من أول الشارع، فقد كانا يتقاصصان ويتبادلان الحكايات والنكات. استقبلتهم (سحر) مبرزة الجواز للمسؤول أمام وجهه، ليبتسم لانفراج الأمر.

بدأ المسؤول بأخذ بعض   التواقيع منها لإنجاز بعض الأعمال داخل الكويت، وتسجيل بياناتها في أوراق العمل في شركة والدها؛ حتى يتم تسهيل دخولها لدولة الكويت.

بدأت (سحر) بترتيب جميع حاجياتها، وتجمَّع أهالي القرية لتوديعها.. قامت بتقبيل الحاجَّة وتوديعها، وقبَّلت يد الحاج الذي حمل عناء تربيتها مع أبنائه.. أوصلوها إلى نهاية الطريق، وهناك كانت سيارة المسؤول (صالح) تنتظرهم حتى يغادروا القرية باتجاه مدينة بغداد. ركبا السيارة وبدآ بسرد بعض الحكايات؛ كلٌّ عن بلده، فالمسؤول (صالح) بدأ بالحديث عن الكويت وما جرى لها من بعد الحرب، وكيف أنها نهضت نهضة عمرانية واقتصادية. لم تتحدث (سحر) إلا عن العناء الذي ساد على القرية؛ من فقر حادٍّ جداً، وتحدثت عن قبر والدتها (سعاد)، وعن عائلتها التي ربَّتها منذ الولادة. ظلت تتحدث حتى وصلوا إلى مدينة بغداد. استأجر لها في أحد الفنادق هناك، وبدأ بحجز تذاكر السفر له ولها، وحصل لها على تأشيرة دخول الكويت من السفارة الكويتية في بغداد. تمَّت الأمور بسهولة ويسر تامَّين. عاد إلى الفندق، وأخبرها أن طيارتهما إلى الكويت ستقلع عند الساعة الثالثة عصراً، وعليها أن تكون جاهزة قبلها بساعتين؛ لكي يتسنّى لهما الوصول إلى المطار، وتسليم حقائبهما. تبسّمت له..

- لقد وُلِدْتُ جاهزة.

- على رسلك، الرحلة غداً وليس الآن.. غداً ستلتقين بوالدك.

دمعت عيناها، وقالت في نفسها: (صبراً يا سحر صبراً)، نامت بهدوء وكأنها لم تنم في حياتها قط.

يوم المغادرة..

استفاقت مبكراً، اغتسلت واتصلت به..

- أنا جاهزة يا أستاذ.

- حسناً (سحر)، هيا انزلي، وريثما تنزلين من الغرفة أكون قد وافيتك.

- تقول لي "هيا انزلي من الفندق؟!"، أنا تحت يا أستاذ؛ أنتظرك بالخارج...!

ضحك المسؤول من كلامها وطريقتها وشدة حماسها لرؤية والدها.

حان وقت السفر..

التقيا عند باب الفندق، كانت السيارة بانتظارهما.. ركبت السيارة.. سلَّمت عليه.. رأى الابتسامة على وجهها فأعجبته.. تبسَّم قليلاً دون أن تراه، ثم أخفى الابتسامة.. قال لها: "هيّا إلى المطار، ومن ثمَّ إلى ديار والدك. كانت الابتسامة لا تفارقها إطلاقاً وهو يتحدث عن والدها. وصلا إلى المطار قبل موعد الطائرة بساعتين، أخذ جوازها حتى ينهي بعض الإجراءات في المطار.. تبقَّى إعلان وقت المغادرة.

جلب لها ماءً لتشربه ويخفف من توترها..

- شكراً على الماء، وشكراً على ما تفعل لي، على جهدك وتكبدك عناء السفر؛ لتعيدني إلى الكويت وإلى أبي.

- هذا واجبي تجاه الأسر الكويتية، لمساعدتهم في البحث عن أحبائهم، من مفقود أو شهيد، وهو واجب المؤسسة أيضاً..

في أثناء حديثهم؛ يُعلَن عن موعد مغادرة الطائرة من بغداد إلى مطار الكويت الدولي، نهضت (سحر) بسرعة، أمسك المسؤول بيدها.. قال لها: "هدئي من روعك، لقد انتهيت من جميع الإجراءات، وهذه الطائرة لن تطير إلا بنا".. كلمات قليلة هدأت بها (سحر).. خُتم لها على جوازها وتذكرة الطيران، ثم ارتقيا متن الطائرة، التي ستقلّهما إلى الكويت.

في الطائرة، كان مقعد (سحر) عند النافذة، تترقب أن تكون هذه الرحلة سريعة حتى ترى والدها.. جلس المسؤول بجانبها، وأخبرها أنه في حالة وصولهما إلى الكويت، سوف تقطن لمدة أسبوع في أحد الفنادق، ومن ثم سيذهبان في اليوم التالي مباشرة، لإجراء عملية فحص الحمض النووي، لمطابقة جيناتها بجينات والدها، والتأكد من صحة المعلومات التي أدلت بها هي والعائلة التي ربتها..! دمعت عينا (سحر) ووافقت على مضض.

طوال الفترة التي جلساها في الطائرة، اشتدت علاقة (سحر) بالمسؤول (صالح).. كانا يتحدثان بكلِّ موضوعٍ يخطر في بالهما.

بعد ساعتين ونصف..

وصلت الطائرة مطار الكويت الدولي، فبدأت دقات قلب (سحر) بالازدياد، وبدأ تنفسها يضطرب، فطلب منها (صالح) أن تهدأ، فغداً سترى والدها.

نزلا من الطائرة وذهبا لمكان التفتيش، وأنهيا إجراءات دخولهما إلى الكويت.. كانت هناك سيارة تنتظرهما خارج المطار.

كانت (سحر) تنظر في كل مكان؛ متعجبة ومُعجبة بما تراه من نهضة عمرانية في دولة الكويت.

وصلا الفندق بعد ساعة.. وعلى باب الغرفة التي ستقيم فيها، طلبت منه المفتاح لتدخل، فناولها بطاقة بلاستيكية ممغنطة غريبة الشكل، نظرت إليها باستغراب، ضحك وقال لها: "هذا هو مفتاح الغرفة التي سوف تنامين فيها".. قرأت رقم الغرفة على البطاقة، ثم صعدت ورتبت ملابسها.. اغتسلت وانتظرت مجيء الغد بفارغ الصبر.

وفي الليل..

اتصلت بقسم الاستقبال في الفندق، لكي يأتوا لها بالعشاء. جلبوا لها العشاء الذي طلبته وهو عراقي.. تذوقته وقالت: "ما بعد طبخ المنزل"...! ومع حلول الساعة العاشرة؛ شعرت بالنعاس، ذهبت للفراش ونامت مترقبة الغد.

خلال ذلك..

اتصل المسؤول (صالح) بوالد (سحر) (محمد)، وقال له أن (سحر) في الكويت، وهي في الفندق ترتاح هناك، وغداً سوف تذهب معه للمستشفى حتى يعملا التحليل لهما.. فرح (محمد) لسماع نبأ وصول (سحر) للكويت، وطلب من المسؤول أن يراها فوراً، لكن (صالح) نصحه بأن يصبر للغد، وبعدها سيفرح بها ويسر ناظره برؤيتها..

رغم موافقة (محمد) على نصيحة المسؤول (صالح)، إلّا أن (محمد) لم يطب له المنام؛ فذهب إلى الفندق وسأل موظف الاستقبال عن الفتاة.. اتصل الموظف بغرفة (سحر) لكنها لم تجب؛ لأنها كانت نائمة.. خاب أمل (محمد) برؤيتها مبكراً، ورجع للمنزل يترقب الغد.. رأته زوجته (ليلى)..

- ما بك.

- (سحر) وصلت الكويت، لكنّي لم أستطع رؤيتها، ربما كانت نائمة.

تمعَّر وجه (ليلى)، لكنها ضبطت نفسها، وحاولت التحكُّم بملامح وجهها، بدأت تلاطفه وتخفف عنه وتهدئه..

- غداً ستراها وترتاح من الهم الذي بك، لا تقلق وهدئ من روعك.

- صدقتِ.

- هيّا نذهب للنوم ونرتاح قليلاً يا عزيزي. وأمسكت يده وذهبا للنوم.

وقَّت المنبِّه حتى يستفيق مبكِّراً.. عيون (ليلى) كانت تحدّق به كل الوقت، تكاد تقتله بنظراتها لما يفعله.

في الصباح، يدقُّ منبِّه (سحر) ووالدها بنفس الوقت، عند الثامنة صباحاً.. اغتسلا.. لِبسا أفضل ما لديهما من ملابس. اتصلت (سحر) بخدمة الفندق ليجلبوا لها الإفطار.. نزل (محمد) فوجد إفطاره جاهزاً على المائدة.

وصل الإفطار لـ (سحر)، لم ترغب به، ولم يرغب (محمد) بذلك أيضاً، رغبة كل منهما برؤية الآخر وشوقهما للقاء بعضهما قتل فيهما الرغبة بتناول الطعام...! ترك (محمد) كأس الشاي الذي كان يشربه وذهب للفندق على عجل.. وصل للفندق فرآه موظف الاستقبال.. رحَّبَ به وقال له أنه سيتصل بغرفة (سحر) ليطلب منها النزول للقائه، وطلب منه أن يتفضل بالجلوس.

اتصل موظف الاستقبال بـ (سحر)، ردَّت عليه.. قال لها أن هناك شخصٌ يدعى (محمد) يريد أن يراها في بهو الفندق.. صمتت.. لم ترد لثوانٍ؛ فقد صُدمت وتفاجأت من الطلب. ردَّت عليه أنها سوف تكون عند الاستقبال فوراً وأغلقت الهاتف.

ذهب الموظف لـ (محمد) وأخبره أنها ستوافيه بعد لحظات.

فُتح باب المصعد، تخرج (سحر) وهي تتلفت يميناً وشمالاً، تخطو بضع خطوات للأمام، تتلفت أيضاً.. تنظر يميناً وترى رجلاً جالساً على أحد الكنبات.. يراها (محمد).. فره فاه واعتلاه الذهول وتحنّط شدقاه، أصبح وجهه كتمثال حجري، ليس فيه ما يدل على الحياة إلا الدموع التي تسيل بخط متواصل، هو لم يرَ (سحر)؛ كان يرى (سعاد) بكل تفاصيلها...! لم تكن هذه

الصدمة لتضيع سدى، أو لا تؤثر أو تثبت شيئاً، فـ (سحر) أيضاً انتابها إحساس غريب، هما ليسا بحاجة لفحص حمضهما النووي، لحظات الصدمة والأحاسيس التي اختلجت بداخل كل منهما، كان تحكي كل شيء.. وصلت عنده وعيناها تفيضان بالدمع، ولم تستطع التوقف عن البكاء.. فتح لها ذراعيه، واستقبلها بصدره لترتمي عليه، لترتاح بين جناحيه..

- أنا والدكِ يا قرة عيني، أنا والدكِ يا منية النفس، يا قطعة القلب، ويا دواء الروح... حضنته وقبَّلت يده.. قَبَّل جبينها.. ولم يكتفيا من البكاء.. جلسا على الكنب.. وكل منهما يمسك بيد الآخر.. أخرج (محمد) السلسلة والدبلة؛ فضحكت..

- هذا الشيء الوحيد المتبقي لي من أمي.

- هذه دبلتنا حين تزوجنا..

أخذتها منه وعلقتها بعُنقها.. ووالدها ينظر لها ويبتسم لرؤيتها..

- تشبهين أمك كثيراً؛ شعركِ الطويل، وعيناكِ الواسعتان، وطريقة حديثك مشابهة لها.. فرحت لسماع هذا الكلام، وقبَّلت يده وهي تحمد الله أنها رأته.

أثناء حديثهما، يدخل المسؤول (صالح).. يتفاجأ بوجود (محمد) بجانب ابنته (سحر).. تبسَّم لهما..

- يبدو أنكما لم تستطيعا الانتظار والصَّبرَ قليلاً حتى أعرّفكما ببعض...!

- لقد أتيت البارحة للفندق بعد أنهينا حديثنا أنا وأنتَ على الهاتف.. لكن خاب أملي، فابنتي لم ترد على موظف الاستقبال،

لقد كانت غارقة في أحلامها ربما...! ضِحكوا جميعاً.. قال (صالح):

- سوف نذهب إلى المستشفى بعد قليل؛ فكونا جاهزين.

- هل هذا ضروري؟ فأنا واثقٌ أنها ابنتي.

- نعم يا سيد (محمد)؛ هذا ضروري لكي يتم توثيق كلّ شيء، وتحوَّل جنسية (سحر) من العراقية إلى الكويتية، فلا بد من توثيق الأوراق واتخاذ جميع الإجراءات القانونية.

وافق (محمد) و(سحر)، وذهبوا جميعاً إلى المستشفى، وهناك بدأت إجراءات الفحص وأخذ عينات الدم لكلٍّ منهما.

فرغا من الفحص، قال (محمد) لابنته:

- هل أفطرتِ يا ابنتي؟

- لا، لم أستطع تذوق الطعام!

- مثلي تماماً، وأنا أيضاً لم أذق طعم الزاد منذ الصباح...!

استأذنا من (صالح)، ووعداه بالقدوم لمكتبه، ثم ذهبا إلى المطعم حتى يأكلا...

أكلا وفرغا من الطعام.. بادر (محمد) بسؤال:

- هل أكملتِ دراستك يا ابنتي؟

- نعم، لقد حصلت على إجازة – بكالوريوس – في التجارة والاقتصاد من إحدى الجامعات العراقية.

فرح (محمد) لسماع هذا الكلام، فقد كان يتمنى لأحد أبنائه أن يكون هكذا.

تحدثا عن كل شيء؛ عن المصاعب التي عانتها في العراق، وكيف تكفَّل أحد التجار بمصاريف دراستها من المراحل المبكرة

إلى الجامعية. كان معظم حديث والدها عن علاقته بأمها (سعاد)، وكيف أنهما تزوجا بعد عشق، وحدثها عن شربه الشاي العراقي، وكيف كان يستخدمه ذريعة لرؤية (سعاد).. تبسمت وقالت له أنها ستصنع له الشاي العراقي؛ علّها ترجع له شيئاً من ذكريات الماضي، وتحتل قلبه كما فعلت أمها.

حب سحر

عرّفَ (محمد) زوجته (ليلى) على (سحر)، وفي المرة الأولى التي رأتها فيها، مدت يدها ببرود لتسلّم عليها، وما كادت تفعل؛ لكنها تحاملت على نفسها وبدأت بالتهليل والترحيب.

اختار (محمد) لابنته واحدة من أجمل الغرف في المنزل، وأشار لها بالصعود إليها؛ لترتاح وتستقر فيها. بعد أن صعدت، رنَّ هاتف (محمد) وإذ به المسؤول (صالح)، يريد أن يزورهم في البيت ليتحدث مع والد (سحر) بأمر مهم.. فرحّب به ليأتي بعد عشرين دقيقة..

نادى (محمد) الخادمة لتخبر ابنته (سحر) بأن تنزل.. تبسَّم (صالح) لمجرد سماع اسمها؛ فقد أحبها منذ اللحظات الأولى حيث كانا في العراق. ذهبت الخادمة لغرفة (سحر)، وأخبرتها أن والدها يريدها في الأسفل، قالت لها: "حسناً، سأرتدي ملابسي وعلى الفور سأنزل إليه"..

وبعد دقائق..

كان (صالح) و(محمد) يتناقشان عن المستقبل، والإجراءات القانونية بعد أن تخرج نتائج الفحص..

خلف باب المطبخ كانت (ليلى) تستمع لحديثهما، وبدأت بالتخطيط حتى تنهي هذه الفتاة...!

نزلت (سحر) فتفاجأت بوجود (صالح).. تبسمت له وبدأ قلبها يخفق شوقاً.. ذهبت بجانبهما بعد أن ألقت التحية والترحيب، وبدأوا بالنِّقاش..

كان والدها (محمد) يتحدث، لكن أعينها لم تكن تتابعه، كانت تتابع (صالح) الذي احمر خجلاً من نظراتها.

تأخر الوقت واستأذن (صالح) للمغادرة.. أخبر (محمد) و(سحر) أن نتيجة التحليل ستصدر غداً، وبعدها ينتهون من بقية الإجراءات.. كانت (ليلى) ماتزال تسترق السمع من وراء باب المطبخ، سمعت كل التفاصيل، وعرفت أن نتيجة التحليل ستصدر غداً، وتذكّرت ابن أختها الذي يعمل في نفس المستشفى الذي يتبع له مختبر التحاليل هذا..

غادر الجميع بيت (محمد) بعد لقاء (صالح)، ف (محمد) قد صعد إلى غرفته، وكذلك (سحر)، إلا (ليلى)، التي بقيت في الصالة، واتصلت على الفور بابن أختها، وأخبرته بأن هناك تحليلاً ستصدر نتيجته غداً، ولا بد أن يتم تغيير النتيجة...! ردَّ عليها أن هناك مخاطرة لفعل هذا الأمر، فقالت له بأنها ستعطيه مبلغاً مادياً كبيراً جداً إن قام بهذه المهمة...! صمت قليلاً ثم وافق...!

ذهب للمستشفى، ودخل مختبر التحليلات، ثم توجه إلى مخزن عينات التحليل، فرأى عينات تحليل (محمد) وابنته (سحر).. قام بتبديلها بعينة أخرى، وغيَّر الكلمات في الحاسوب وطبعها، وأبدلها بالورقة الموجودة داخل ملف النتيجة الورقي.. خرَج من الغرفة فرأته إحدى الممرضات، وسألته عمَّا يفعله خارج نطاق وقت عمله، وفي مكان كهذا! قال لها أنه قد نسي هاتفه داخل الغرفة.. ودّع الممرضة على عجل، ثم خرج مسرعاً. اتصل بخالته (ليلى)؛ ليخبرها أنه قد غيَّر النتيجة من إيجابي إلى سلبي. قالت له خالته أن تغييره للنتيجة من إيجابي يعني أنها ابنته الحقيقة...! فأجابها أنه وبناء على نتيجة التحليل التي رآها، فنعم، هي ابنته، وأضاف: "لقد كانت ابنته"، ثم ضحك ضحكة كبيرة ملأت شدقيه، ففهمت خالته مقصده فشاركته الضحك هي أيضاً. شكرته، وطلبت منه المجيء في اليوم التالي إلى منزلها؛ لتعطيه المبلغ الذي وعدته به، أغلق الهاتف ضاحكاً. ذهبت (ليلى) إلى غرفتها أخيراً وهي مرتاحة ومطمئنة البال.

في اليوم التالي (صباحاً)..

يأتي ابن أخت (ليلى) لمنزل خالته، دخل المنزل.. أتت الخادمة له.. أمرها أن تحضِّر له القهوة، وأن تنادي خالته (ليلى).

نزل (أبو سالم) ومعه (سحر) من غرفهما وقد تحضرا للمغادرة، ليأخذا (صالح) ويذهبوا جميعاً إلى المستشفى. أثناء

نزولهما تفاجأ (أبو سالم) بتواجد ابن أخت (ليلى) في الصالة يحتسي القهوة. سلَّم عليه..

- خالتك ستأتي بعد قليل، ولكن نحن مشغولون هذا اليوم؛ ولن نستطيع الجلوس والحديث معك.

- لا تقلق يا عم، اذهب للمستشفى.

استغرب (أبو سالم) من معرفته عن المكان الذي سيذهبون إليه! لم يسأله كيف عرفت، ولكن وضع هذا الشيء بعقله، ثم غادرا.

بعد خمس دقائق نزلت (ليلى) وبيدها ظرف ممتلئ بالمال.. سلَّم عليها وسلَّمت عليه، ثم شكرته على ما فعله.. استأذن منها وأخبرها أنه مشغول ويريد الذهاب، فأذنت له.

في طريقه إلى المستشفى، كان (أبو سالم) صامتاً طيلة الوقت، فلقد كان باله مشغولاً وفكره حائراً، يتساءل في نفسه عن سبب وجود ابن أخت زوجته الذي يعمل في مختبر للتحاليل، في هذا اليوم على وجه الخصوص، بينما كانت ابنته مندمجة مع (صالح)، يتحدثان مع بعضهما البعض.

وصلوا المستشفى.. استدعوا المسؤول عن نتائج التحليل وأخبروه أن لديهم موعد اليوم للحصول على نتيجة تحاليل، فطلب المسؤول أسماء أصحاب العينات التي قدمت للتحليل، وطلب منهم تقديم بطاقات هوية أصحاب تلك العينات. أعطوه ما يريد.. قال (صالح) لـ (أبي سالم):

- مهما كانت النتيجة، أريد الارتباط بـ (سحر)! هل توافق عليّ زوجاً لها يا عم (أبو سالم)؟

- هي بجانبك يا بني، قُل لها، اسألها...

احمرَّ وجهها خجلاً، وأنزلت رأسها حياءً وقالت:

- كل ما يريده والدي سأفعله.. رد والدها:

- بعد النتيجة يكون لكلِّ حادثٍ حديث.

أتى المسؤول ومعه الأوراق.. أعطاها لـ (صالح). فتحها وبدأ بقراءتها، وبعد صمت أخبر (أبو سالم) و(سحر) أن النتيجة سلبية..! لم يتفاجأ (أبو سالم) بالأمر، ولكن (سحر) قد أغمي عليها من هول ما سمعته! قال

(صالح):

- أنا آسف لسماعك هذا الخبر مني يا عم (أبو سالم).

- أُريد إجراء تحليلٍ آخر؛ لأنني أشك أن ابن أخت زوجتي له يد في هذا الأمر..! قال أبو (سالم).

أجلس (أبو سالم) ابنته على الكرسي المتحرك إلى أن استفاقت من إغمائها، وقال لها أن النتيجة ستعاد، وأن هناك تحليلاً آخر سيجرى لهما. بكت (سحر) بحرقة، جلب لها (صالح) ماءً وشربته. أمسك (أبو سالم) يد (صالح) وقال له أنه يريد أن يفحص كاميرات المراقبة، ليعرف من دخل إلى غرفة التحاليل، فاستغرب (صالح) من طلبه، وسأله عمّا إذا كان يشك بشيء، فرد (أبو سالم) بالإيجاب....!

ذهبا لمسؤول المستشفى وأخبراه بما جرى، فكان رأي المسؤول أن هذا الأمر يستدعي إخبار الشرطة حتى يتم تثبيته، فوافقا.

اتصل المسؤول بالشرطة، وأتى المحقق وبدأ بالتحقيق؛ أولاً مع (أبو سالم)، الذي أخبرهم أنه يشكُّ بتغيير نتيجة تحليل العينة داخل المختبر. سأل المحقق مسؤول المستشفى إن كان هناك كاميرات تسجِّل في غرفة تحليل العينات، فرد المسؤول بأنه توجد هناك كاميرات...

دخل المحقق مع مسؤول المستشفى والباقين إلى غرفة المراقبة وتخزين التسجيلات من على جميع كاميرات المستشفى، بدأوا بمشاهدة التسجيلات، والمرور على ساعاتها ساعة ساعة، وعند وصولهم إلى تسجيل الساعة العاشرة ليلاً، شاهدوا ابن أخت (ليلى) يدخل المختبر، انتفض (أبو سالم)..

- أرأيتم! شكِّي في محلّه، انظر أيها المحقق، انظر كيف يغيّر النتيجة، انظر كيف يعمل على الحاسوب...

- اهدأ يا عم (أبو سالم)، ودع لنا الأمور القانونية.

بعد دقيقة، يروا في المشهد حديثاً قد جرى بين ممرضة وابن أخت زوجة (أبو سالم).. استدعى مسؤول المستشفى الممرضة، وقد كانت خارج وقت عملها، اتَّصل بها وأخبرها أن تأتي فوراً.. أتت إلى المستشفى بعد نصف ساعة، دخلت عند المسؤول.. صرخ (أبو سالم) في وجهها..

- ماذا فعلتُ لكِ حتى تفعلي بي هذا؟!

أمره المحقق بالهدوء، وقد أمسكه (صالح) من يده، وأجلسه.

سألها المحقق:

- هل تعرفين هذين الرجلين؟

- لا يا سيدي، لم أرهما من قبل في حياتي.

قال المحقق:

- سأريكِ مشهد فيديو، وسأسألكِ عدة أسئلة..

شاهدت المشهد، أوقفه المحقق.. سألها:

- من الذي كنتِ تتحدثين معه؟ وما الذي دار بينكما؟

- هذا (خالد)؛ المسؤول عن غرفة تحليل عينات المختبر، تفاجأت بوجوده وقد انتهى وقت نوبته قبل نصف ساعة.. سألته عمّا يفعله، قال لي أنه قد نسي هاتفه داخل المختبر، ثم ذهب مسرعاً.

انتهى التحقيق معها، وأخبرها مسؤول المستشفى بعدم مغادرتها هذا اليوم. طلب المحقق من مسؤول المستشفى أن يستدعي (خالد) فوراً.

اتصل المسؤول بـ (خالد) وأخبره أن يأتي على الفور...

خرج (صالح) من الغرفة حتى يطمئنّ على (سحر)، وقال لها أن هناك من عبث بالعينات، والتحقيق معهم جارٍ، وطلب منها أن تطمئن، وأخبرها أن (محمد بن سالم) هو والدها.

بعد ساعة..

شاهدت (سحر) شخصاً قادماً قد رأته في منزلهم هذا الصباح..

دخل إلى غرفة المسؤول.

رأى (خالد) زوج خالته وقد بلعَ ريقه واشتد خوفه، أخبره المسؤول أنه سيتم التحقيق معه..

- أين كنت البارحة؟ (سأله المحقق)..

- كنت خارجاً مع أصحابي.

- ألم تأتِ إلى هنا؟

- لا يا سعادة المحقق، لم آتِ هنا أبداً، إلا في وقت عملي.

- سأريكَ مشهداً مسجّلاً بواسطة كاميرات المراقبة المزروعة في زوايا المختبر، أريدك أن تعطيني رأيك فيه..

(خالد) بدأ يحدّث نفسه ويتمتم حيراناً: (منذ متى وهناك كاميرات تسجيل في المختبر؟!).. شاهد المشهد فصرخ:

- لم أفعل هذا لوحدي، خالتي (ليلى) هي من خططت له وأرادتني أن أفعله..! وحاول أن يلوذ بالفرار، لكن قبض عليه الشرطي بسرعة، ووضع الأصفاد في يديه.

طالب مسؤول المستشفى (خالد) أن يعطيه الأوراق الصحيحة، وأن يدلّه على المكان الذي وضعها فيه، فرد (خالد) أنه وضعها في سلة مهملات المختبر...!

خرج (أبو سالم) فرحاً، ذهب إلى ابنته (سحر)، احتضنها وقال لها وقد ملأت عينيه الدموع:

- أنتِ ابنتي.. أنت ابنتي.

- ماذا جرى في الداخل يا أبي؟!

- سوف أخبرك، لكننا ننتظر الأوراق الصحيحة التي تثبت أنكِ ابنتي.

أتى المسؤول حاملاً الأوراق الصحيحة بين يديه، أخذها (صالح) وقرأها وقال: "إن النتيجة إيجابية، ألف مبروك يا (أبو سالم)"، بكوا ممسكَين يدهما مع بعضهما البعض، وحمدوا الله ربّ العالمين على هذه النعمة.

بعد الهدوء الذي حلّ، والشرطة التي أخذت (خالد) حتى ينال جزاءه؛ عاد (أبو سالم) و(سحر) و(صالح) إلى المنزل، واستقبلتهم (ليلى)، ولكنها تفاجأت بوجود (سحر) مع زوجها..

قالت له:

- ماذا جرى؟

- لديكِ العلم يا (ليلى).

- لا أعرف عمَّا تتحدث! قالتها (ليلى) وهي مرتبكة، وقد بان على نبرة صوتها التوتر...

- إن ابن أختك قد اعترف بجريمته، وسوف ينال جزاءه، وإذا علمتُ بأن لكِ يدٌ في الموضوع؛ فسوف...

قبل أن يكمل كلمته؛ خرَّت على الأرض، تبكي وتتوسل ألا يطلقها...! نظرت إلى (سحر).. قبَّلت يدَها، وطلبت منها أن تسامحها على فعلتها. نظرت (سحر) إلى أبيها.. قالت:

- سامحها يا أبي.. سامحها.! كانت تقولها وهي تبكي على بكاء (ليلى).

- سأسامحك يا (ليلى) فقط من أجل عيون (سحر).. أتمنى أن يكون حكم ابن أختك خفيفاً، ولعلّك تنجين أنتِ أيضاً.

(أبو سالم) أخبر (صالح) أن يأتيه إلى الشركة غداً.. ترك الصالة التي كان فيها مع (سحر) و(ليلى).. قبل مغادرته قال لـ (سحر):

- اذهبي ونامي؛ فغداً سآخذك معي للشركة يا مديرة.. تبسَّمت له وهزَّت رأسها.

المرض

استفاقت (سحر) سعيدة جداً، وجهّزت لأبيها الشاي العراقي مع وجبة الإفطار. استيقظ أبوها فوجدها تعمل في المطبخ.. ناداها وأخبرها أن المطبخ للخدم وليس لها، فأجابت أنها تريده أن يتذوق الفطور العراقي.. تبسّم لها وجلس على طاولة الطعام وبدأ بشرب الشاي.. فغاص مع طعم الشاي في بحر الذكريات التي أوصلته إلى زوجته (سعاد)، وتذكّر الأيام التي عاشها معها، فسقطت دموعه من دون أن يشعر، نادته ابنته..

- ما بكَ يا أبي؟

- لا شيء، فقط الشاي الذي عملته لي ذكّرني بوالدتكِ (سعاد).

- هل كان طعم شاي أمي يشبه طعم الشاي الذي أصنعه أنا يا أبي؟

- نعم، هو كذلك!

انتهيا من الإفطار، وجهّزا أنفسهما للذهاب إلى الشركة.

في الطريق، أحسّت (سحر) ببعض التعب، لكنها لم تظهره لوالدها وأخفته عنه.

وصلا إلى الشركة، ودخلا إلى المكتب، قال (أبو سالم): "هيّا يا ابنتي، اجلسي على الكرسي وقودي هذه الشركة بقوة".. تبسَّمت (سحر)، ولكن التعب قد بان على وجهها، ذهبت لجهة كرسي المكتب، وقبل أن تجلس عليه أُغميَ عليها! هلع (أبو سالم) من رؤيتها تنهار بهذا الشكل، هرع إليها وهو يصرخ على الموظفين في مكتب السكرتاريا: "اتصلوا بالإسعاف فوراً!"، كرر عدّة مرات ونادى (السكرتيرة) وقال لها اجلبي الماء بسرعة.. جلبت الماء، حاول أن يُشربّها إياه ولكنها لم تشعر به. وصل الإسعاف وحمل (سحر)، وفوراً ركَّبوا لها التنفس الصناعي وبدأوا بالإسعافات الأولية.

بعد دقائق..

وصلت سيارة الإسعاف إلى المستشفى؛ وضعوا (سحر) على سرير مدولب، وبدأوا الدفع بسرعة، ووالدها كان يلهث خلفهم محاولاً مجاراتهم، إلا أنهم سبقوه، فتوقف قليلاً، ثم تبعهم.. لم يعرف أي غرفة أدخلوها، سأل أحد الممرِّضين، أشار له إلى غرفة الإنعاش...! كان الأطباء يحاولون إفاقتها وإنعاشها، فظنّ ظنوناً طردها من خياله لعدم احتماله للتفكير فيها، ليتفاجأ أنها استفاقت.. هرع إلى الأطباء ملهوفاً، يسألهم جميعاً دفعة واحدة: "ما بها ابنتي، ما بها؟!".. اقترب منه أحدهم.. ربت على كتفه وبدأ يشرح له:

- لا نعلم ما بها؛ لكنها أفاقت.. سوف نجري لها تحاليل دم وصور أشعة وصورة رنين مغناطيسي؛ حتى نعرف السبب الغامض الذي أَعمى عليها.

- ماذا عليَّ أن أفعل من أجل ابنتي؟

- عليك أولاً يا سيدي أن تملأ لنا بعض الاستمارات بكافة المعلومات والبيانات عن ابنتك، وننتظر نتائج تحاليل دمها التي لن تأخذ وقتاً طويلاً؛ ثم بعدها نخبرك ما يمكن فعله.

ذهب لمكتب الاستقبال، وقام بتعبئة البيانات، ثم جلس ينتظر نتائج التحاليل. كان لسانه يلهج بذكر الله، ولا يتوقف عن مناجاته والاستغاثة به سبحانه؛ أن يصرف عن ابنته البلاء، وينجّيها له، بعد أن عاشت طيلة حياتها في الشقاء بعيداً عنه.

بعد ساعتين من الانتظار..

خرج الطبيب وأخبره أن نتائج التحاليل قد صدرت..

- ممَّ تشكو ابنتي أيها الطبيب أخبرني بسرعة.

- للأسف الشدي يا سيد (محمد)، ابنتك تعاني من مرض (اللوكيميا)؛ وهو سرطان الدم...! وهو في مرحلة مستفحلة؛ فقد انتشر في كامل جسدها، وكبحه سيكون أمراً شبه مستحيل.. ابنتك في نهايات الـ... أسكته (أبو سالم) مقاطعاً:

- لا...! لا تقلها أرجوك! يجب أن نفعل شيئاً، فالعلم وصل إلى مراحل متقدمة، وأنا والحمد لله أستطيع أخذها إلى أكثر الدول تقدماً في العالم.

- لكن يا سيد (أبو سالم)؛ لا بد أن تأخذ ابنتك للعلاج الكيمياوي على الفور وإلا ستفقدها..

- حسناً أيها الطبيب، سنفعل كل شيء من أجل ابنتي، أليس كذلك؟

- نحن معك يا سيدي، وسنفعل ما يقدرنا الله على فعله.

دخل (أبو سالم) على ابنته وأخبرها أنها ستكون بخير..

- ماذا قال لك الطبيب يا أبي؟

- اسمعي يا ابنتي، أنتِ إنسانة تؤمنين بالله، وتؤمنين بقضائه وقدره.. ولاحظت أنكِ قوية كأمك، وستعودين لي أقوى بعد أن تشفي.

صارت تبكي كالطفلة، أخرجت بضع كلمات من حنجرة متحشرجة:

- أُشفى؟ من أي مرضٍ أُشفى يا أبي، ماذا بي؟

طأطأ (أبو سالم) رأسه حزيناً.. لم يعرف كيف يخبرها.. تشجع قليلاً:

- إن في دمك مشكلة معقدة قليلاً، لكن الأطباء أكدوا لي أنه لا شيء مستحيل، سنبقى نعالجك حتى تتعافي إن شاء الله، وإن احتجنا أن نسافر إلى أوروبا فلن أتأخر في ذلك.

- أبي! أوروبا، ومشكلة معقدة! أرجوك قل لي ما هو مرضي، أرجوك. واختلط دمعها بملامح وجهها من كثرة البكاء.

- إنه السرطان يا ابنتي...! سرطان الدم، اللوكيميا... لا بد أن تتعالجي بالجرعات الكيماوية على الفور.

صمتت وقالت:

- أريد الطبيب...!

ذهب والدها ونادى الطبيب؛ فحضر مسرعاً.. سألته عن نسبة نجاعة العلاج الكيمياوي..

- كل شيء بيد الله؛ لكنكِ أتيتِ متأخرة، والمرض قد انتشر في جسمك كاملاً، لذلك ومهما كانت ضآلة فائدة العلاج الكيمياوي، فنحن مجبرون على استخدامه.

وافقت على العلاج، فنُقلت فوراً لأخذ الجرعة الأولى. بدأوا بوضع المغذي الذي فيه العلاج الكيمياوي، ثم بدأ بالسريان نحو عروقها.. بعد دقائق، بدأت بالصراخ بفعل تأثير المادة الكيمياوية، ووالدها يستمع لصراخها ويبكي بحرقة.. كان يخشى أن يخسرها، لا يريد فقدها كما فقد أمها من قبل.

هدأت قليلاً ونامت.. خرج الطبيب وأخبره أن العلاج يأخذُ مجراه، وتمنى لها الشفاء؛ فشكره (أبو سالم) على جهوده، ثم جلس على الكرسي ليرتاح قليلاً.

بعد فترة من الزمن..

بدأ (أبو سالم) بالاتصال على أبنائه؛ ليأتوا ويساعدوه في هذه المحنة ويشدوا من أزره.. أخبرهم أن لهم أخت أكبر منهم ليأتوا ويتعرفوا عليها!

لم يصدقوا كلامه.. (كيف لهم أخت وهو لم يخبرهم سابقاً أنه متزوج قبل أمهم؟). اتَّصلَ (جاسم) بأمِّه حتى يتأكد ممَّا قاله والده؛ فأخبرته أن والده محق، وأن أخته عراقية، وقد وجدها قبل فترة، وهي مريضة بالسرطان. أغلق (جاسم) الهاتف وبدأ

بتوضيب أغراضه من المصنع حتى يعود للمنزل. اتَّصلت (ليلى) بابنها الآخر (سالم) وأخبرته بما يجري لوالده، وأن هناك شخص آخر سوف يشاركهم الميراث بعد وفاة والدهم...!

أوقف دراسته التي لم يبقَ لها إلا سنة واحدة فقط وتنتهي، لِيُصبِحَ طبيباً، ولكن جشع والدته ووسوستها له؛ جعلته يتركُ ما كان يحلمُ به؛ لينال من المال ولا يتقاسمه إلا مع أخيه (جاسم)!

بدأت آثار العلاج الكيمياوي تظهر على (سحر)؛ فقد جعلها هزيلة الجسد، وعيناها أصبحتا بارزتين، وتساقطت خصل كثيرة من شعرها الطويل الذي كانت تعتني به منذ صغرها، مما جعل والدها، الذي يزورها يومياً، يعتصر ألماً عليها.

اتصل (صالح) – مسؤول المؤسسة الكويتية لشؤون الأسرى – بـ (أبي سالم)؛ ليزف له خبراً سارًّا جداً – حسب اعتقاده –:

- هل هناك أخبار سارَّة بعد الذي جرى لي يا يا (صالح)؟

- ماذا جرى لكَ يا عم؟

- (سحر) أصيبت بمرضٍ خبيث، وهي تتعالج الآن...!

صمتَ (صالح) لدقيقة ثم قال له منفعلاً:

- وأنا الذي كُنت أريد أن أبشِّرك بصدور الجنسية الكويتية لـ (سحر)! لماذا لم تتصل بي حتى أعرف ما يجري؟

- هذا الذي كتبه الله لابنتي يا (صالح)...

أغلق (صالح) الهاتف، وحضن جنسية (سحر)، وبدأ بالبكاء محدثاً نفسه: (بعد أن عشقت وأحببت؛ أخسر من أحببتها بهذه الطريقة؟!).. هدأ قليلاً، وركب سيارته متوجهاً إلى المستشفى

حتى يطمئن على (سحر). وصل إلى المستشفى فرأى (أبو سالم) جالساً؛ ينتظر أي تطورات عن ابنته. سلَّم عليه وقبَّل رأسه، ثم أعطاه الظرف الذي فيه أوراق ثبوتية لـ (سحر)، وجنسيتها، ثم سأل والدها عن رقم الغرفة التي تتواجد فيها، فأشار (أبو سالم) إلى غرفة الإنعاش! توجه إليها فوراً، وعندما أطلّ برأسه من الباب داخل الغرفة، رأى فتاة غير التي يعرفها.. ليست تلك الفتاة التي أتت معه من العراق.. تغيّرت ملامِحها وأصبحت وكأنها عجوز.

خرج الطبيب من عندها وسأل عن والدها، أشار (صالح) أنه هناك.

ذهب (صالح) مع الطبيب ليعرف ماذا جرى.. وصل الطبيب لمكان جلوس (أبو سالم)، وأخبره أن (سحر) بدأت تتفاعل بشكل جيد مع العلاج الكيمياوي، وغداً سيتم تخريجها من المستشفى، لتأتي فقط كل خمسة أيام وتأخذ جرعة من العلاج. اطمأن (أبو سالم) من خبر خروج (سحر) من المستشفى، ولكنه لم يرتح لفترات علاجها وأخذها للجرعات.

وصل (جاسم) للمنزل، وفي منتصف الليل وصل (سالم) أيضاً للكويت، وعلى الفور انطلق للمنزل، فوجد أخيه (جاسم) في غرفة الجلوس، سلَّم سلاماً سريعاً ومقتضباً، وبادره بالسؤال:

- ما قصة التي سوف تشاركنا في ورث أبينا؟!

- لا تقلق يا (سالم)؛ إنّها مريضة، مصابة بالسرطان، هذا يعني أنها لن ترث شيئاً من والدنا ويبدو أن المرض قد فتك بجسدها.

اطمأن (سالم) على الثروة التي لن تتقسم على ثلاثة؛ بل على اثنين.

في الصباح..

جلس (أبو سالم) مبكراً، ودون أن يتناول الإفطار؛ ذهبَ إلى المستشفى حتى يُخرج (سحر) من هناك.. وصل المستشفى، ذهب إلى مكتب الاستعلامات، وبدأ بملء استمارة التخريج، وأوراق مغادرتها مع الفواتير وبقية التفاصيل.. ذهب إلى الطبيب وأعطاه الأوراق؛ حتى يخرِّج بها (سحر)..

بدأ الطبيب بإعطاء (أبو سالم) بعض النصائح؛ حتى يكون حذراً ومنتبهاً بها مع ابنته، وهي: العناية بها وبصحتها، وعند الإعياء عليه مراجعة المستشفى بشكلٍ سريع، وعند الإغماء والغثيان أيضاً. كان الطبيب يعطي النصيحة و(أبو سالم) يضعها من ضمن أولوياته حتى يطبِّقها بحذافيرها مع (سحر). ذهب وجلب كرسياً مدولباً، ودخل به على (سحر) التي كانت نائمة؛ فجلست (سحر) تعِبة من العلاج.. أجلسها على الكرسي المتحرك، وأخبرها أن الطبيب قد أذن لها بالخروج، وأنه قد طمأنه عليها وعلى صحتها، وأن تواجدها في المستشفى بشكل دائم لم يعد ضرورياً، بل سيزورانها كُلّ خمسة أيام؛ حتى يكشف عليها الطبيب، ويرى مدى فاعلية العلاج مع مرضها. لم

تردّ عليه أبداً؛ لأنها كانت مشوَّشة الذهن، ولم تكن تعرف بماذا تفكر، أو بماذا تردّ عليه؟

أخرجها من المستشفى، وقد غطَّى رأسها الذي تساقط منه الشعر بقطعةٍ من القماش؛ ليحميها من حرارة الشمس.. ركبت السيارة.. أخبرته عن الشركة.. نظر لها وتبسَّم..

- هل أنتِ مستعجلة للذهاب هناك؟

- حلالنا، ولا بد أن نرعاه ونزيده.

- غداً سوف نذهب مبكراً إلى هناك. هزّت رأسها بالموافقة.

وصل إلى المنزل فوجد زوجته وابنيه ينتظرونه.. التفتوا إلى الكرسي المدولب الذي قبعت عليه (سحر) نظرة اشمئزاز؛ من سوء ما جرى لها، ومن التغيّر الرهيب في ملامحها. همست (ليلى) لـ (أبي سالم) تخبره أن (سحر) قد تغيَّر شكلها كثيراً. نهرها بصوتٍ منخفضٍ وأسكتها؛ حتى لا تسمع (سحر)... ذهب باتجاه (سالم) و(جاسم)، وعَرَّفَ (سحر) بهما، فرحَّبت بهما، ثم طلب من الجميع ألا يغادروا المنزل الليلة، وأن يحرصوا على التواجد فيه، ثم أذن لهم بالانصراف ليترك (سحر) ترتاح قليلاً، مذكِّراً إياهم مجدداً أن موعدهم في الليل.

ذهب (أبو سالم) مع ابنته إلى غرفتها؛ أدخلها وطلب منها أن ترتاح قليلاً.. أمسكَت يده وقبَّلتها وكأنها تودعه. خرج من الغرفة بعد أن أطفأ النور، وهو ينظر لها..

قبل اجتماع (أبو سالم) مع أبنائه؛ اجتمعت (ليلى) بـ (سالم) و(جاسم)، وأخبرتهما ألا يوافقا على ما يريده والدهما منهما، وعدم الخضوع له أبداً.

نزل (أبو سالم) من المصعد ومعه (سحر)، يجرُّها بالكرسي المتحرك؛ فهي غير قادرة على المشي! أخبر الأبناء بأن يأتوا إلى غرفة المعيشة.. جلس (سالم) و(جاسم) بجانب بعضهما، وجلس (أبو سالم) و(سحر) بجانبه..

- هل تريدان معرفة سبب هذا الاجتماع؟

- نعم يا أبي.. قالها (جاسم)؛ ليكررها (سالم) بعده.

- قبل مجيء (سحر) للكويت، وبعد أن عرفت بوجودها، وتذكّرت الإنسانة التي كانت في حياتي السابقة؛ عزمتُ في تلك الفترة على توزيع جميع ثروتي بالتساوي، وقبل أن أقولها لكم؛ اعلموا أن نصف هذه الثروة لم يكن موجوداً، إلا بعد أن ساعدتني (سعاد) أم (سحر).. فلتكونوا على علم.. والآن؛ تقسيم الأملاك كالتالي: ستقسم ثلاثة أقسام، ربع لـ (سالم) وآخر مثله لـ (جاسم) ونصفٌ لـ (سحر).. الجنين الذي لم أعرف جنسه إلا قبل فترة، والتي أسعدتني بتواجدها هنا.

أشارت (ليلى) لولديها بعدم الموافقة، ولكنهما أظهرا نفساً طيبة، ولم يطمعا في أكثر من ذلك، فقد تحصَّلا على نصف الثروة.. قاما، ثم قبّلا رأس والدهما، وقالا له:

- حفظك الله وأطال في عمرك يا تاج رأسنا.

احمرَّ وجه (ليلى) والدتهما ممَّا فعلاه، فقد طمعت بجزء أكبر من الثروة! وقبل أن تتلفظ بأي كلمة؛ بادر (أبو سالم):

- على الرغم ممّا فعلتيه معي ومع (سحر)؛ فأنا لم أنسكِ، وكتبت هذا المنزل في الوصية باسمكِ.

هدأت وابتسمت وقالت له:

- لكَ طولُ العمر يا (أبا سالم).

صعد الجميع إلى غرفهم، بعد أن عرفوا ما لهم وما عليهم.

في صباح اليوم التالي..

استيقظ (سالم) و(جاسم) مبكِّرَين على غير العادة.. جلسا على طاولة الطعام.. أتت أمهما بعدهما بدقيقة، وبدأوا بتناول الطعام مع بعضهم البعض.. بدأ (سالم) الكلام:

- إن سبب عدم معارضتنا على القسمة ليلة البارحة؛ هو أن الإرث الذي ستناله (سحر) سوف يعود لنا بعد موتها بهذا المرض القاتل.

تبسّم (جاسم) وأمُّه، التي ردت:

- الآن عرفت لماذا لم تعارض! أحسنت على ما فعلت، وبهذا تكسب رضى والدك...

نزل (أبو سالم) من غرفته، وبعده نزلت (سحر)؛ مرتبة نفسها حتى تذهب للعمل.. اقترب منها والدها:

- هل أنتِ في وعيك حتى تذهبي للعمل يا ابنتي؟

- سوف أذهب يا والدي؛ لأنني أشعر بالملل هنا.. من الجلوس في المنزل.. لا تنسَ أني رئيسة الشركة الآن.

ضحك وقال لها:

- حسناً، ولكن إذا أحسستِ بأي تعب أخبريني.

- لا تقلق يا أبي، سأفعل.

ثم جلسوا على طاولة الطعام ليشاركوا بقية العائلة في وجبة الإفطار.

بعد تناول الإفطار، ذهبَ (أبو سالم) مع ابنته (سحر) إلى الشركة، وعند الوصول إلى مكتبها، أخبرت والدها أنها تريد محامي الشركة..

- لماذا تريدينه؟

- أريدهُ أن يقوم لي بعمل ضروري جداً.

اتَّصل (أبو سالم) بالمحامي، وطلب منه القدوم لمكتب (سحر). أغلق الهاتف، وودَّع (سحر) حتى يذهب لمكتبه.

طرق المحامي الباب، ثم دخل وسلَّم على (سحر)..

- حضرة المحامي، أريد منك أن تكتب وصية لي؛ دون أن يعرف أحدٌ بها إلا بعد موتي، ولا أريد لوالدي أن يعرف بأمرها..!

طأطأ المحامي رأسه، أجاب:

- حسناً، سوف أفعلها لكِ فلا تخافي، لن يعرف أحد بها؛ فأنا محامي وواجبي أن أحمي أسرار موكِّليَّ.

- أريدك أن تكتب في الوصية أن تسعين في المائة من نصيبي في الشركة؛ يتوزع على المؤسسات الخيرية بالتساوي، وعشرة في المئة للعائلة التي ربتني في العراق وأنا صغيرة.. بعدها أريدك أن تشكر (صالح)؛ المسؤول الذي أعادني إلى والدي.

بدأ المحامي بكتابة الوصية على جهاز الحاسوب، وعندما انتهى منها قال:

- دقيقة واحدة، سوف أطبعها لكِ، وأعطيكِ إياها حتى تقرأيها، ومن ثم أضعها في ظرفٍ وأختمها بالشمع الأحمر.

- أنا في انتظارك حضرة المحامي.

غاب برهة من الزمن، ثم أتى لها ومعه الورقة، قرأتها ووافقت عليها. أخذ الوصية منها أمام عينيها ووضعها في الظرف، ثم سكب فوقه الشمع الأحمر وأغلقه. شكرته وأوصته بعدم البوح بهذا الأمر.

أخبرها بألا تقلق حول هذا الأمر، ومن ثم غادر مكتبها ليعود إلى مكتبه.

انتهى وقت العمل في الشركة، وحان وقت العودة إلى المنزل. دخل (أبو سالم) مكتب (سحر)، وأخبرها أنه قد حان وقت الذهاب.. نهضت لتذهب معه، فأحسّت بالدُّوار في رأسها الذي سبب انهيار جسدها. هبّ والدها بسرعة نحوها، وأمسك يدها قائلاً: "ما بكِ يا (سحر)، ما بكِ يا ابنتي؟!" لم تجبه.. اتصل بالإسعاف فوراً، ثم حملها ومددها على كنبة المكتب الجلدية التي كانت قرب طاولتها. بعد ثوانٍ؛ بدأت بالتقيؤ، وكان تقيؤها مصحوباً بالدماء...! أمسكت يد والدها وأخبرته أنه أسعد شيء حصل لها في هذه الدنيا.. توقف قليلاً، ثم دخل رجال الإسعاف وبدأوا بإسعاف (سحر)، حملوها على سرير ومن ثم أدخلوها سيارة الإسعاف. ركب معها. أمسكت يده وأمسك يدها.. وصلوا المستشفى بسرعة فائقة.. أدخلوها غرفة الطوارئ.. أوقف رجل الأمن (أبا سالم) وأخبره بأن يملأ بيانات المريضة.. وهو يكتب البيانات رأى مجموعة من الأطباء يجرون بسرعة إلى الغرفة، سقط القلم من يده، وترك الأوراق وأراد الجري وراءهم، نادته الموظفة أن هناك بعض المعلومات مفقودة، وهو في ذهول من مشهد تجمُّع الأطباء على ابنته، مشى بخطوات صغيرة وجلة..

تذكَّر فيها زوجته (سعاد) التي فقدها، وها هو ذا يفقد ابنته (سحر).. وصل إلى الباب.. سمع صوت المؤشر الذي يوضع لنبضات القلب قد توقف وقد تساوت الخطوط لتصبح خطاً مستقيماً. صرخ بهم: "ماذا يجري، قولوا؟".. دموعُهُ تنهمر.. لم يجبه أحد.. فقط طأطأوا الرؤوس كلهم.. أمسك أحد الأطباء بيده ليخبره بوفاة (سحر) متأثرة بالمرض، وبدأ بإعطاء كلماتٍ تشدُّ من أزره.. صرخ بقوة والدموع تنهمر من عينيه وهو راكع يبكي بحرقة، ثم قام ودخل على ابنته، أمسك يدها وقال لها: "عودي وخذي من عمري، عودي يا من كنتِ أجمل وأسعد شيء حصل لي".. أمسكه الأطباء وأخرجوه من الغرفة طالبين منه أن يترحّم عليها.. جلس على الكرسي ثم اتصل بـ (صالح)؛ ليخبره أن (سحر) قد توفيت، وبعدها اتصل على ابنيه اللذين فرحا بهذا الخبر، لِظنّهم أن ثروتها ستعود لهم. ذهب (أبو سالم) ليخرج جثة (سحر)، وينقلها إلى المقبرة. أخذ الأوراق وملأها بالبيانات المطلوبة. بعد ساعتين، تجمّع (سالم) و(جاسم) و(صالح) في المستشفى؛ حتى يعينوا (أبو سالم). جلسوا بجانبه؛ يواسونه على ما أصابه من مصيبة.. أتى الموظف وقال أن جثة الفتاة جاهزة في سيارة الإسعاف لنقلها إلى المقبرة.. ركب (أبو سالم) مع الإسعاف وولداه مع (صالح)؛ متوجهين إلى المقبرة لدفن (سحر). وصلت سيارة الإسعاف إلى المقبرة، ومع تجمُّع الناس هناك، بدأوا بحمل الجثة وفي مقدمتهم (سالم) و(جاسم)، وفي الخلف (أبو سالم)، الذي كان قلبه يعتصر ألماً

من فراق ابنته، والذي استند على (صالح)، يرى مثوى ابنته الأخير!

(يولد الإنسان وهو ملفوف ومغطّى بقطعة قماش على كامل جسده، ويتوفى أيضاً بقطعة قماش ليدفن بها في القبر).